願能嚐到美味料理

おいしいごはんが食べられますように

高瀬隼子

Junko Takase

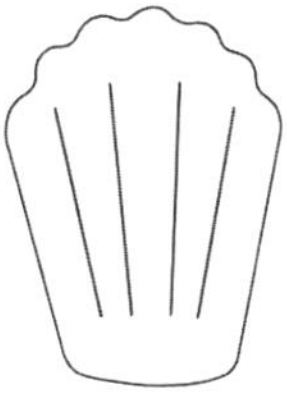

再十分鐘就午休時，分店長出聲道：「我想吃蕎麥麵。」「我開車，大夥一起去吧！」他帶上幾名員工，遠征高速公路交流道附近的蕎麥麵店，辦公室只剩下二谷和藤。

「吃午飯吧！」藤取出便當。二谷在辦公桌常備的杯麵裡注入熱水壺的熱水。打開冰箱，看見兩個超商便當。分店長明知道有人帶便當來，卻能理直氣壯地邀約：**好，大夥一起去！**二谷取出鋁箔包茶飲，關上冰箱。

好，大家一起去！喂，你不去嗎？很不上道喔！分店長沉聲嘀咕後，突然假惺惺地玩笑道：「分店長命令吔！」明明不難想像有人其實根本不想去，也只能無奈聽從，卻能拋開這些想像，說：「走！」分店長的這種個性，讓二谷真心佩服。分店長的口頭禪是「**飯就是要一起吃才香**」。

之前二谷撞見跟分店長去吃豬排丼的蘆川，一臉蒼白地從廁所走出來，手裡抓著手帕，按著肚子，說因為配合分店長用餐的速度，吃得太急，結果腸胃不舒服了。蘆川自己應該也有帶便當。她的便當盒非常地小，二谷每次都很驚訝：**這樣真的吃得飽嗎？**他知道每到午休，蘆川就會從自己座位最底下的抽屜拿出便當來吃。

掀開杯麵蓋子，蒸氣燙手。

「幸好我們午休一結束就要見客戶。」

藤臉上掛著賊笑，向二谷搭話。二谷用自認為含糊帶過的速度點了點頭，但對藤來說，這點頭就是在贊同，似乎沒感受到他的敷衍，反而更加篤定地說：「對吧——！」二谷這次被迫明確地點頭同意。

藤邊吃便當，邊用左手滑桌上的手機，他筷子上夾的煎蛋，黃褐白三色斑駁交錯，和二谷經常在超市買的黃色均勻的煎蛋不同，一看就知道是手工煎出來。**真羨慕藤，就算跟我一樣加班，不必特別交代，一回到家就有家常飯菜可以吃，早午餐也都有人準備便當，不必為吃煩惱，也能活得很好。**二谷這麼想，卻也覺得不必為吃煩惱固然令人羨慕，隨之而來的其他麻煩也未免太多。只要能填飽肚子的話，吃泡麵就夠了。

問題是只吃泡麵，會引來不健康的批評，要是飲食條件進化到

一天三餐都吃泡麵，照樣可以活得健健康康就好了。或是發明一天一顆就能攝取足夠營養和熱量的藥丸也行，只要服用那種藥丸便能健康存活，飲食就當成非必要的奢侈活動保留下來。如同菸酒，想品嚐的人再去品嚐就行了——。二谷反芻著不知道已翻來覆去多少遍的妄想，漫不經心地望著藤和他的周邊。

藤連續把三塊煎蛋放進嘴裡，咀嚼著站了起來，從他望著冰箱的動作，二谷看出他似乎想要喝茶。藤離開座位，走向冰箱，但很快就停住了。只見他停在蘆川的座位前面，毫不猶豫地抓起她桌上的瓶裝茶，直接轉開似乎已被飲用過的茶，喝了起來。注意到二谷在看，他就像惡作劇被抓包的頑童般，賊頭賊腦地笑著辯解：「我快渴死了。」二谷慢吞吞地點點頭。

藤把瓶裝茶放回蘆川桌上，看起來幾乎沒減少。如果是渴到不行才喝，至少也該連續灌個兩三口，他卻只啜了小小一口，與其說是解渴，還比較像是潤喉。蘆川是年輕小姐——。二谷想到這個天經地義的事實。而藤是中年大叔，雖然沒問過年紀，但藤是分店副店長，應該已經四十多歲了。**跟年紀無關嗎？那跟什麼有關？性別嗎？跟性別有關吧？應該。**

藤從冰箱取出新的瓶裝茶，回到座位喝起來，聊起預定午休一結束就要見的客戶。客戶的商品多年來一成不變，想要討論新的包裝設計。二谷也一邊吃麵，一邊用左手按滑鼠，在電腦螢幕叫出資料，進行最後確認。走去茶水間倒掉麵湯時，他不著痕跡地瞄了一眼蘆川的桌子，藤喝過的瓶裝茶擱在花朵圖案的杯墊上。

午休時間超過一些，分店長一行人回來了。辦公室門被打開之前，就聽見吱喳說話聲從走廊一路靠近。「我們回來了——。」揚聲開門的是兼職的PT原田，她對著藤和二谷報告：「蕎麥麵超好吃的。分店長買單喔！全包。」跟在後面的蘆川也說：「大家一起吃飯，果然特別好吃呢！」重新繫好領帶準備接待客人的藤和二谷，對著分店長驚呼：「真慷慨！」分店長滿臉驕傲地點頭應道：「還好啦！」又說：「喏，客戶要來了。」指示眾人返回工作崗位。

二谷頷首正欲前往屏風另一頭的會客區，卻因為藤停下腳步，他也跟著一起停步。藤出聲說道：「蘆川，那個啊，妳桌上的茶，是剛出的新商品，對吧？我也很好奇，所以就喝了一口，不好意思啊！」原田立刻發難：「藤哥又隨便喝別人的東西，噁心！」卻被視若無睹。

二谷看見蘆川隔壁的押尾表情扭曲，顯得一臉不快。蘆川拖著尾音回應：「是喔——！」拿起保特瓶問藤：「藤哥覺得味道怎麼樣？」藤笑著歪頭應道：「跟爽健美茶滿像的，不過這個比較苦一點呢！」蘆川打開瓶蓋喝了一口，回道：「真的吔！」原田怪叫：「天哪，拜託把那罐茶丟了吧！」藤笑道：「妳很壞吔！」蘆川呵呵地笑著。

二谷則是要笑不笑，沉默不語，心想：**就算不必當場再喝一口，她自己早就喝過了，回句「是有點苦呢」就好了嘛，特地當著藤的面再嚐一次味道，也就是在表示「我不在意你擅自喝我的茶喔」。**不出所料，藤笑吟吟地走向會客區；原田的表情彷彿在說「真的傻眼吔」，但也沒有再開口。押尾老早就失去興趣，盯著自己的電腦。蘆川看向二谷，雙拳在胸前晃了晃說：「見客戶加油喔！」

我實在不太喜歡蘆川呢！我這麼說。二谷聞言笑了，絕對笑了。明明覺得他笑了，但那表情一閃即逝，害我又沒了自信。這裡說的自信，不是針對二谷笑了這件事，而是「比起蘆川，二谷應該更喜歡我」這件事。

外部研習活動回程，快到車站的時候，二谷說：「我打算去吃晚飯，我們在這裡道別吧！」

時間剛過下午五點，站前比起上班族，更多的是穿制服的國高中生或大學生年紀的年輕人。這裡離公司約三十分鐘電車車程，靠近東京，雖然並非鬧區，但比地處埼玉縣郊區的公司周邊更熱鬧。

「這裡我第一次來，你熟嗎？」我問。二谷搖頭說，完全不熟。

「我想隨便找家居酒屋吃飯，應該不是女生會喜歡的店，不過押尾，妳如果沒其他事的話，要不要一起吃？」

這番邀約就像單純的同事相約，感覺很得體，所以我決定跟他一起去用餐。二谷在站前餐飲店密集的一帶，走沒幾步就說：「這間好了。」便走進住商大樓二樓的連鎖居酒屋。

我倆一眨眼就各自喝光了一杯生啤，喝完第二杯的時候，也說完了一輪分店長的壞話。分店長這個觀念傳統、自私傲慢上司的事跡，疑似跟數年前離職的PT不倫的流言、工作上的抨擊，二谷大肆談論了這些，但最後牽制地補了句：「不過，這些大家都知道啦！」

我覺得比起分店長，二谷更常直接受到分店副店長藤的指示，對藤應該有更多的不滿，便試探地問：「那藤哥這人怎麼樣？」然則二谷只是敷衍地回應：「還好啦！」不願深談。他就算會對後輩說同事的八卦，也絕對不吐工作上的苦水嗎？或只是單純尚未對我敞開心房？我拿捏不定。

我們歡暢地大笑，接著笑聲漸漸轉小，「哈……」地喘過一口氣的時候，兩人同時伸手拿啤酒杯。先是二谷喝了一口，我也跟著端起杯子。墊在杯底下印有店家LOGO的杯墊被浸溼了。把酒杯湊近臉，即將碰到嘴唇的前一刻，我說：「我實在不太喜歡蘆川呢！」二谷停下喝啤酒的動作看我，他的眼睛一瞬間疏於防備地笑了。

我迎視著他的目光喝啤酒。慢慢喝會顯得惺惺作態，所以故意咕嘟咕嘟一口氣灌下去，好營造出「不小心說溜嘴了」的害臊感。二谷

「是喔」地應了一聲，瞇起眼睛的他眼神像在說「原來今天的主題是這個？」嘴唇微噘，或許是準備嘲諷。

「喝完了。」二谷說著，操作點餐平板，點了第三杯啤酒和炸白身魚。「妳也續杯嗎？」他把平板遞過來，我從上面顯示的菜單照片點了威士忌蘇打，很快就上桌了。空調太強，有點冷，我拿出收進包包裡的外套披在肩上。

「妳說不喜歡，是不喜歡她什麼地方？」

二谷不是反問「為什麼」，而是探問「不喜歡什麼地方」，這一點讓我稍微放下心來。

「很多啦！比方說她不參加今天的研習。」

「啊，這樣喔——！」

二谷點了一下頭像是理解，卻又在隔了幾拍之後，若有所思似地吁了一口氣。

今天我跟二谷一起參加的外部研習活動，原本蘆川也要參加。那是業務相關法令的研習活動，事先提供了大量的資料，藤忠告道：「沒先讀過，上課絕對會聽不懂。」所以我花了兩星期的時間慢慢消化。跟蘆川也才在幾天前彼此確認過：「研習資料都讀完了嗎？」昨天研習主辦單位傳來的信件中，也提醒：〔研習會報名踴躍，因為機會難得，時程後半還有一點餘裕，我們預定安排小組工作時間，讓參加者與其他公司的人交流。〕

要是對內容懵懵懂懂地去參加，實在很丟臉，而且能和其他公司聯合研習的機會也相當難得。我懷著這樣的心思，有些緊張。結果早上搭電車去會場的時候，收到蘆川傳訊息說她身體不舒服，不參加今天的研習了。

「蘆川二月的研習，也是當天突然缺席，對吧？直到前一天都沒有不想參加的感覺，卻臨時變卦。」

「蘆川好像有時候會這樣呢，覺得應付不過來就請假。我猜的啦，她本來就不喜歡人多的活動。像這次這樣，前天臨時說有小組工作，我想她很討厭預定之外的突發變化。」

二谷喝了一口啤酒又繼續開口。

「妳說，妳不喜歡蘆川，我還以為是不喜歡什麼跟妳有直接利害關係的地方，像是她說了妳什麼之類的。原來不是這些，只是單純因為她能力不好，讓妳覺得生氣？」

「應該是說，我討厭身邊的人都容忍她的沒能力吧！」

我也一邊說，一邊喝著威士忌蘇打，用酒精沖洗喉嚨。

「剛才你說，蘆川沒辦法應付預定之外的突發變化，我也覺得應該就是這樣，但這也不是蘆川自己說的吧？她又沒有明白地提出『我不喜歡這個，我做不到』。然而，分店長、藤以及其他人，就連進來我們分店才三個月的二谷你，明明都看得出來，還是會幫她說話。這真的讓人相當氣不過。」

「唔，可是現在就是這種時代嘛，勉強不得。」

「我知道，但就是生氣啊！」

我就是心胸狹窄，我有自知之明啦！這些話我只在嘴裡咕噥，但二谷似乎耳尖聽見了，他表情依舊。

「我不覺得妳心胸狹窄。在公司明明領一樣的薪水，每個人卻都替另一個人說話，不幫自己著想，反而要我連同那個人的份一起努力。這種事真的讓人有點氣結呢！我懂。」

二谷喝完了第三杯啤酒，他一邊說話，一邊操作平板點飲料，下一杯好像還是要喝啤酒。比起食量，二谷的酒量更大得多。

「有人能力不好，但事情非得有人做，否則公司經營不下去。然後能力好的人就會接手，變成都是能力好的人在忙。這種人應該會往上爬，只是不一定能力好就一定想要升遷，對吧？怎麼說，因為做得到所以去做而已。跟我同期進公司的人，已經有兩個人留職停薪過了。之後復職回來，不出所料，都被調到綜合業務部。」

二谷提到了公司裡加班最少、身心有狀況的人，最容易被調去的部門名稱。

「每天都能準時下班，可是領的獎金一毛也不比我們少。雖然不會升遷，但能像那樣躲掉一切麻煩差事，做到退休，真是讚透了。根本是最強職涯嘛！」

最強職涯——。我在口中喃喃道。和剛才一樣，只是在口中咕噥，但這次二谷並沒有聽見。他的音量變大了些，或許是開始醉了。此時，店員端來毛豆。

「你剛才也吃過毛豆吧？這第二盤嗎？」

「想說要攝取一點蔬菜。」

那怎麼不點沙拉？我心想。但也瞭解喝啤酒的時候，比起萵苣，更想配毛豆。我伸手夾毛豆，二谷把裝殼的空盤子挪向我。毛豆似乎是燙過後冰起來的，涼到芯裡都軟掉了。

「我覺得我是氣她上班過那麼爽，不過，搞不好其實是羨慕。說羨慕好像也有點不太一樣，因為我還是不想變成她那樣。氣歸氣，跟討厭又有點不一樣。」

「妳剛才不是說不喜歡她？」

「如果她不是我同事，我或許就不會討厭她，蘆川看起來不就是個好女生嗎？不過，我私生活也沒有那種類型的朋友，要不是工作，應該也不會跟那種女生打交道。」

「那，要不是公司同事，妳們根本不會認識嘛！」

「也是。我是注定要討厭她嗎？」

注定？二谷噗嗤笑出來，嘴巴裡面好像還有毛豆，他連忙捂住嘴巴。我見狀也笑了出來，心想他醉了，笑點變低了。我想起有句俗話：「**看到筷子掉了都好笑**[1]。」輕彈整齊擺在桌上的筷子，讓它滾動起來，二谷看到又笑了。**我們在做什麼呀？**我一陣莞爾，笑出聲來。**真的好愉快啊！**笑意源源不絕，在咽喉下方製造出來，推動鼻子發出哼笑聲。超好玩的！我這麼說著。二谷用手按住自己的額頭，吁出一口灼熱的呼氣。我見狀鬆了一口氣，從來沒有在公司的飯局上看過二谷這樣笑。

我用力把身體探向桌子，把臉湊近二谷。

「那，二谷，你要不要跟我一起惡整蘆川？」

二谷的頭大大地往右側歪，左耳對著天花板，就像在幫脖子做伸展操。傾斜成陌生角度的二谷，露出冰冷的眼神笑著。

不，那或許不是冰冷的眼神，而是喝醉了，為了維持正經的表情，結果兩眼發直了而已；因為我不懂他有什麼必要對我露出冰冷的眼神。儘管這麼想，正當我漸漸焦急起來，正想開口補一句「開玩笑的」，二谷竟然回應：「好啊！」看吧！沒事，就說沒事嘛！我端起所剩無幾的威士忌蘇打一口飲盡。

「乾杯！」

我說著，敲向二谷手中的啤酒杯。「不是啊！我杯子都空了欸。」二谷不滿地撇嘴。我笑了，手伸向點餐平板。再點吧！多喝一點，超愉快的！我說完，摸上去似地拍了拍二谷的手。

---

1 譯註：原文「箸が転んでもおかしい」，在日文中，用來形容花樣年華、無憂無慮的少女，即使日常小事也能讓她們發笑。

二谷猜想，押尾進公司以後，應該很快就會超越蘆川了。

他們公司主要是製作食品和飲料包裝，除了設計部門所在的東京總公司以外，全國共有八家分店，二谷他們是分店營業部的員工。

押尾是應屆畢業進公司的，今年第五年了，而蘆川進來六年了。剛進公司的押尾和早他一年的前輩蘆川搭檔，座位也在旁邊。押尾一開始一定是喜歡蘆川的，她應該深感慶幸：幸好帶我的是一個溫柔的前輩。當進公司大概半年左右，就會覺得這個前輩沒什麼了！

二谷自己就是這樣。二谷比蘆川早一年進公司，進公司以後，有六年都待在東北的分店。三個月前他調到埼玉，由蘆川帶他接手這邊的業務。可是二谷調來才兩個星期，就已經這麼想了：**用不了多久，很快且十分輕鬆地，我就能超越蘆川了**。要尊敬內心這麼想的對象，是件困難的事。

若沒有一絲敬意，對於並非喜歡而選擇相處在一起的公司同事，不可能維持單純的好感。

二谷調來的四月，在蘆川剛交接給他的工作上犯了錯。他沒有被知會要提前一天交件，客戶催促什麼時候可以拿到，他連忙前往道歉，隔天親自去送件。幸好就算晚上一天，好像也沒有造成客戶損失，他送的豪華糕點禮盒贏得了對方的諒解。

蘆川交接給二谷的文件，上面的交件日期是錯的。事後他重新確認蘆川副本給他的郵件，上面的日期才是正確的。蘆川不斷地向二谷道歉，但二谷認為自己沒有確認清楚也有責任，他這麼告訴蘆川。只不過讓他耿耿於懷的是，蘆川沒有陪他一起去向客戶道歉，還讓藤替她打電話善後。

現任承辦人二谷去賠罪，這是可以理解；電話也是，應該是覺得讓身為主管的藤打去比較有分量吧！然而後來聽到藤說，蘆川好像在以前的公司受到類似權勢騷擾的狀況，所以到現在都還是很怕大嗓門的男人。二谷這才知道比他晚一年進公司的蘆川，其實大他一歲，今年三十了。

客戶窗口是個體型嗓門都很大的中年男子，二谷遞上糕點禮盒時，他確實大聲地說：「以後真的要小心啊！」但態度並不咄咄逼人。

就像丟著沒洗的鍋中濁水般的心胸浮現「**軟弱**」二字，這時二谷已拋開對蘆川的敬意。一旦拋開了尊重，就能滿不在乎地拿她當自慰對象。奇妙的是，比起覺得蘆川有點可愛的以前，淨是注意到她軟弱的一面之後，發現她比想像中更顯撩人。腦中的她，總是用或許不曾聽過的聲音哭泣著，愈哭就愈讓人興奮。

二谷調來隔天的星期五，開了迎新會，當時還不記得名字的PT原田湊過來，不停地對他說蘆川的事——蘆川跟家人住；她家在離分店幾站遠的地方；雖然住家裡，但廚藝一把罩，不光會下廚，還會做糕點；對每個人都很好，永遠笑臉迎人，沒得挑剔。

喔，這樣啊！二谷隨口應著，納悶心想：原田是在介紹年紀相近的同事的背景嗎？這樣的話，押尾也一樣是二十幾歲，怎麼都沒提到她？二谷正自訝異，眉毛畫得太濃太搶戲的原田，瞇起眼睛問道：

對了，二谷你有女朋友了嗎？

這時，二谷不經意地想起今年高齡九十的祖母。祖母全身上下都是毛病，腦袋卻十分清楚，每次二谷去安養院看她，她一定會說：「我想抱曾孫。」妹妹有個交往很久的男友，二谷總是閃避地說：「期待妳孫女生給妳比較快啦！」但祖母相當堅持：「不，我要抱的是我們二谷家的曾孫。」

祖母觀念傳統，似乎認定只有長男二谷才是二谷家繼承人，必須特別悉心呵護。自小開始，祖母有糖就只給二谷，吃飯時也都從自己的盤子夾上一兩塊肉到二谷的盤子裡。他想起年幼的妹妹冷眼看著自己說著「都只有哥哥有，偏心」的表情。說是年幼，也是小學高年級左右了。抗議「偏心」的那張臉，不是鼓起腮幫子的可愛神情，而是只有小孩才敢如此放肆地徹底輕蔑一個人、毫不留情的眼神。

我什麼時候會結婚？二谷尋思著。他不是想結婚，而是從未有過不想結婚的念頭。這世上也有人決定單身一輩子，但那是只有意志特別堅定的人才會立下的決心，像自己這種人生沒什麼特別指望的人，不結婚就說不過去了。**既然如此，趁著有愈多人會為自己結婚開心的時候結婚比較好吧？**二谷這麼想。

因此，當蘆川哭的時候，他伸出援手。蘆川被和上一次工作犯錯的另一名客戶大罵時，二谷和其他同事一起安慰她：明明就是客戶不對，對方只是在遷怒，妳不要在意。主管要蘆川去休息，直到心情平復下來。她關在茶水間裡，於是二谷趁著無人的時候，也進去裡面。

「妳還好嗎？」二谷關心地問，走近蘆川。「妳哭不是因為覺得自己做錯了吧？是因為對方吼妳，讓妳很害怕，對吧？」他挨在蘆川身邊，就像要把她攬進自己的影子裡。蘆川用手帕按著眼角點點頭，出聲用力吸了一口氣，聲如細蚊地說：「感覺……你就不會吼人……」

在這裡，不管妳說話聲音再小，身邊的人都會好好聽見的。二谷說著，伸手觸摸蘆川的肩膀。他從來沒有摸過這麼纖細單薄的女人肩膀，柔弱無力，彷彿鏤空。

第一場約會，二谷和蘆川去看了電影，是以酷炫的動作場面掀起話題，最適合看完後彼此說「很好看呢」的電影。蘆川在電影院商店買了電影場刊。「妳覺得那麼好看嗎？」二谷驚訝地問。蘆川笑著說：

「想要留做紀念。」兩人在以紅酒和義式歐姆蛋聞名的餐廳，用過晚餐後才回家。

第二次約會去了東京，吃了巴西燒烤。播放著巴西音樂輕快節奏的熱鬧店內，穿著森巴舞衣的店員切下鐵劍上的烤肉，放在盤子上端過來。蘆川歡天喜地嚷嚷：「好厲害，超厲害！我自己一個人絕對不敢進來。」

第三次約會地點，是二谷住處附近的居酒屋。那是一對上了年紀的夫妻所開的老店，酒的種類不多，但剛好可以點瓶啤酒，自己斟著配晚飯。店裡的電視大多時候都在播放巨人棒球賽。二谷提到自己每星期有幾天會去那裡吃晚飯，蘆川便說她也想去，所以就帶她過來。在約好碰面的站前，蘆川以一襲灰色洋裝現身，那正式的穿著配上精心往內吹捲的中長髮，在店內顯得相當格格不入，不過這家店沒有客人會在乎旁人。

「你平常都點什麼？」

「一瓶啤酒、毛豆、煎魚、高湯蛋捲……然後味噌湯吧！」

「真的是晚飯吔！」

不知道哪裡好笑，蘆川愉快地笑著。二谷也回笑，內心卻有些煩躁。**我又不像妳住家裡，有媽媽做飯等妳回家……**。這話無法送出喉嚨，只能在肚子裡打轉，被一口氣喝光的啤酒沖散溶化了。一旦溶化，二谷連這些話曾經存在過都不記得。這些一眨眼就消失的話語，以及生出這些話的情感，都在二谷的心中忽起忽落。

「這煎蛋好好吃喔！」

蘆川睜圓了眼睛驚呼。二谷正覺得兩人交談不必這麼大聲，便發現蘆川看著自己的背後，一臉笑盈盈，似乎是在對著老闆大叔笑。幹麼這樣討好？二谷再次感到煩躁。好好吃，好好吃喔！蘆川不停地說。

二谷用不至於聽起來像挖苦的明朗聲調，但實際上他也確實感到佩服，因此把這種感受也加進聲音裡。

「妳真的吃得津津有味呢！」

「會嗎？」

蘆川露出被稱讚時的表情；是顯得開心，又帶有容納「沒這回事」謙虛餘地的笑容。

「妳喜歡吃東西？」

「怎麼說呢，或許我是喜歡活得更認真吧！吃和睡這些活著不可或缺的行為，我覺得不在喜歡或討厭的範疇內。」

連討厭都不容許？二谷嚥下不知不覺間積在口中的苦澀唾液。

「我呢，除了像這樣在居酒屋吃飯的日子以外，都是吃超商，像是飯糰或麵包。」

咦！蘆川瞪圓了眼睛。

「這樣實在讓人有點擔心吔！至少自己煮一下味噌湯怎麼樣？只要燒水，放進已經加了高湯的味噌融化就行了，然後再放入豆腐青菜那些。如果懶得切，豆腐可以用湯匙挖出要吃的量，直接用手挖也可以。青菜也是，用剪刀剪就好了，很簡單的。吃自己煮的熱騰騰食物，不覺得身體特別溫暖嗎？」

不覺得！二谷以一拳揮過去的速度在心中反駁。他回想，蘆川不是斷定「身體會很溫暖喔」，而是尋求認同「不覺得身體特別溫暖嗎」，便回應：「好像不錯呢！」

一想到就算跟這個人說「盯著滾滾沸騰的鍋子，我有種自己不斷地被磨耗的感覺」，她一定也不會懂。二谷頓時下巴一陣虛軟，連咀嚼都懶了。像蘆川這種人，會搬出「輕鬆簡單」、「省時食譜」這些說詞，逼迫他人付出處理進食的時間。

這些都不重要，今晚我們會上床嗎？二谷忖度著，他注視著把白蘿蔔泥放在煎蛋上送入口中的蘆川。約會了三次都還沒有動手，是因為二谷覺得兩人是同事，若不小心點，後患無窮。

實際上，二谷以前也跟同一家分店的派遣員工或PT約過砲，因此這並非最主要的理由。他並非從來沒跟睡過的女人鬧翻，只是大多時候雙方都能理解，和平分手。

在同一家分店上班；彼此單身；幾年後應該就會各別調去其他分店——若列出這些條件，和過去並沒有不同。讓二谷步步為營的點其實就是，蘆川看起來不是可以隨便糟蹋的女人；或許他就愛這種不能糟蹋的女人。二谷喜歡感覺柔弱、不可靠的溫柔女子，而這類型身形嬌小玲瓏、神情空靈的女子當中，若是嬌弱之中又帶有理所當然應該要備受呵護的厚臉皮，就更加莫名吸引他。

蘆川去化妝室的時候，二谷結了帳，拿收據過來的大嬸說：「剛才你女朋友特地過來廚房，跟我們說每一樣菜都很好吃呢！」令他大吃一驚。若是像剛才對著老闆稱讚那樣，是當著二谷的面這麼做，就是想要在第三次約會留下好印象，企圖還能夠理解。**原來她連在沒人看**

到的地方也這樣做嗎？二谷驚訝之餘，陷入了無所適從，開始懷疑自己想碰的女人，是個深不可測、非珍惜不可的類型。

兩人去超商買了罐裝啤酒和瓶裝茶，一起回到二谷住的公寓。蘆川環顧單間的狹小套房，感動地說：「好整齊喔！」然則她看上去也像是在想：**今天我可能會過來，所以他徹底打掃過了**。這讓二谷湧出一股吞不下去的煩悶情緒，但他也討厭女人調侃道：「你今天打算帶我回家，才努力打掃過了吧？」蘆川的反應其實是對的。

二谷知道自己做了正確的選擇，伸手把她摟過來的時候，懷裡的蘆川滿足地輕嘆了一口氣。

早上醒來，頭有點痛。早上二谷向來不吃早餐，但為了吃止痛藥，只好把冰箱裡的果凍吞進胃裡。黃綠色的大顆葡萄在口中被碾碎。好酸！他盡量不咬，把葡萄和黏稠的透明果凍一起吞下去。走出家門時藥效發揮作用，痛感逐漸消退。

從公司附近的超商出來時，剛好遇到蘆川，兩人並肩前往公司。

「昨天的外部研習怎麼樣？」

蘆川問。二谷只說：「普通。」研習後和押尾一起去喝酒這件事，用不著特地說出來。蘆川說「太好了」，二谷卻不懂哪裡好。**他認真參加研習，所以很好嗎？**

很多時候明明只要應聲「這樣啊」就好，蘆川卻會說「太好了」。太好了！好好喔！真好！各種變化的「好」就像蘆川這個人，令人很有好感。

「啊，是藤哥！」

蘆川指向馬路對側，有一輛銀色的休旅車正在等紅燈。駕駛座的藤似乎沒發現他們，側臉筆直對著前方。二谷正想揮手，剛好變成綠燈，車子開走了。

「臉好像有點臭呢！」蘆川說。二谷覺得那不算臭臉，只是一個人獨處時的表情。蘆川又接著說：「是不是遇到什麼不好的事吧？像是跟太太吵架……」

「一個人獨處的時候都是那樣吧？跟人在一起相處時，才會特別擺出表情。」

「咦，是嗎？」蘆川驚呼，伸手捧住臉頰。「我自己一個人的時候，可能也有表情吔！」

二谷不知道該怎麼回話，微微頷首，接著又覺得這樣可能會顯得不高興，開口反問：「真的嗎？」

「你沒聽說過嗎？笑容對健康有益。笑的時候，體內會製造出某種很好的成分，所以只有我一個人的時候，也都會盡量嘴角上揚，保持微笑。」

蘆川說著，勾起兩邊唇角。不必努力就能擠出酒窩，蘆川從今天遇到二谷的時候就一直笑咪咪的。二谷刻意去意識自己的表情，即使是面向蘆川的反方向或對著前方的時候，嘴角也自然上揚。**是在準備任何時候與蘆川對望，都能露出愉悅的表情吧？**但他不認為體內有出現什麼跟平常不同的成分。

「只是揚起嘴角就有效嗎？不是看到什麼有趣的東西才笑，是這種笑的情感製造出好的成分嗎？」

「這我就不清楚了吔！可是笑笑的比較輕鬆。」

那是因為……。二谷正要開口，原田從後面招呼道：「早！」二谷把蘆川旁邊的位置讓給原田，走到前面，偶爾稍微回頭加入對話。

對著前方，二谷自覺嘴角比剛才下沉了，同時感覺到因止痛藥而消退的頭痛還隱約殘留。不是刺痛，而是腦袋角落陣陣漲疼。

趁著工作空檔確認一看，蘆川確實都有表情，絕大多數時候都在微笑。不管是看著電腦螢幕或手上的資料時，還是在茶水間清洗端給訪客的茶杯時，嘴唇都微微上揚。當有人叫「蘆川」，她的嘴角便會用力勾起，兩眼瞬間張大。不是在笑的時候，也並非一臉嚴肅。遇到困難的案子時，則是痛苦或難過的表情，眉毛比起糾結，更接近垂成八字，眼神虛弱，連看的人都要替她擔心起來。

儘管如此明快地表現出喜怒哀樂，卻從來沒看過她不耐煩的樣子。她從來不瞪人，不刻意嘆氣給別人聽，也不會用近乎粗魯的動作把話筒大聲掛回去。即使在她忙碌的時候叫她，也不會假裝沒聽見似地停頓一拍，或眼睛盯著電腦陰沉回應，而是以一貫唇角上揚的表情，甚至帶著驚嘆號似地明亮回應：「是！」

真是個好女孩呢！似乎相信必須稱讚別人，對話才能成立的原田，成天都在誇獎蘆川。機靈體貼，對我們這些PT也很好，興趣是做糕點，長得又可愛，這麼好的女孩上哪找？真希望她來當我家媳婦。二谷應著「對啊」、「真的」。不過，某天藤笑著規勸道：「原田，妳適可而止喔！」原田好像不高興了，表情不悅地板起來，噘著唇說：「是我太雞婆嗎？」

原田也會稱讚押尾，雖然也和蘆川一樣說她是好女孩，但壓倒性地多是在說：「不愧是學生時代參加過啦啦隊，而且是九州大賽冠軍隊的！」押尾高中似乎是啦啦隊。藤詭笑著說：「穿超短迷你裙，幫忙加油的那個吧？」原田回應：「噁心！」押尾冷言像要打住這個話題，淡然應道：「那都是以前的事了。」最後蘆川柔聲拉長尾音地說：「可是真的好厲害喔——！」把散落各處的感情和情緒輕柔地攏到一處，結束。到此是這個話題的慣例流程。

二谷坐在地上，靠在床沿，看著在廚房忙碌的蘆川。蘆川正在切紅蘿蔔，嘴唇漾著笑意，面對食材的眼神很嚴肅，看起來比平常工作的時候幹練許多。

「妳在煮什麼？」

「玉米炊飯，再煎個鰺魚。」

雖然不明白這些料理哪裡會用到紅蘿蔔，但二谷點點頭。紅蘿蔔他只有煮咖哩的時候會買，不知道其他還有什麼用途，市售的沙拉裡面也沒有紅蘿蔔。這麼說來，想不起來最後一次吃到紅蘿蔔是什麼時候了？番茄和萵苣有時候會吃，至於南瓜，之前吃了炸南瓜片。紅蘿蔔，怎麼說……很遙遠，是離自己超級遙遠的食物。

二谷喝了杯裡的碳酸水。他想看搞笑影片，但蘆川在煮飯，不好意思自己一個人耍廢，便用手機瀏覽新聞網站。看到特別有意思的新聞，就唸出來給蘆川聽。他一個人的住處沒有電視，自己不怎麼看電視節目，如果有想看的節目，上網看重播就好了，一點都不麻煩。不過，要是結了婚，買台電視或許比較好。這種時候用手機或電腦看影片，感覺很自私；如果是電視的話，就算頻道是自己轉的，也不一定在播自己想看的內容，所以就算看了，感覺也沒那麼罪惡。二谷思索著這些，意識到把蘆川很自然地嵌進自己的婚姻生活想像裡，他兀自靜靜地慌了起來，卻同時也一陣恍然。說穿了，自己就是想和蘆川，或是像蘆川這樣的女人結婚吧？

「我沒吃過玉米炊飯。」

「滿好吃的喔！是夏季的經典炊飯。」

兩人獨處的時候，二谷和蘆川說話的口吻會變得稍微隨性一些，但遣辭依然十分客套。因為不想在公司顯得過度親密，稱呼和說話的口氣都沒什麼變化。儘管不是兩人討論之後決定的，卻自然就變成這樣，所以肌膚相親的時候話也不多，只剩下呼吸還有「啊」或「嗚」等母音交流。這顯得很動物，二谷覺得很棒；完事之後，蘆川不會去沖澡，直接就睡了，這一點也很棒。

今天也是。吃過玉米炊飯、煎鰺魚和醋醃紅蘿蔔絲沙拉後，胃裡的食物還沒消化就上床做愛，才十點蘆川就睡著了。二谷把被子拉到她的頸脖處，免得赤裸的她著涼。只露出一顆頭的蘆川睡得很香，她的睡容沒有表情，看起來就像造型崩壞了，醒著活動的時候比較可愛。

二谷下床去廚房燒開水。他沒有水壺，用鍋子接水放到瓦斯爐上，轉成小火，以便降低水在鍋中滾沸的音量，因此花了很久時間才煮滾。他不時望過去，確定蘆川有沒有被吵醒。房間的燈熄了，只剩下廚房流理台上的小燈，光斜斜地打在蘆川臉上。她不會打呼，無法判斷她是真的睡著了，還是裝睡。

把沸騰的熱水倒進杯麵裡，站在廚房，三分鐘不到就打開蓋子，難以招架的香氣化成蒸氣升向陰暗的天花板。把臉伸進那片香氣中，透過鼻子吸了滿腔。吸入多少空氣，胃就擴張了多少。即便很想豪邁地一鼓作氣吸麵條，但為了不想吵醒蘆川，他小口小口地安靜啜食。一手滑著手機，吃完八分左右，總算有了吃過晚飯的感覺。

第一次來二谷住處那一天，蘆川看到冰箱上堆積如山的杯麵，睜圓了眼睛說：「這麼多！」二谷說：妳感覺不是會吃泡麵的人。她不知為何表情有些困窘地回答：「是啊！不太吃。」二谷想起這麼說來，以前在老家，家裡也不准他吃泡麵。

心理獲得了滿足，但肚子本來就不怎麼餓，如果剩下來，明天會被蘆川發現，只好把泡麵全部吃完。湯只在最後喝了一口，其餘倒進流理台。把湯倒光之後，擰開水龍頭沖上老半天，把氣味也沖散。杯麵碗用水沖過，丟進垃圾袋。家裡沒有垃圾桶，是用一個四十五公升的垃圾袋打開直接放在地上。裡面裝著蘆川做菜用的鮮魚保麗龍盤、蔬菜包裝、紅蘿蔔頭和洋蔥皮，比超商便當製造的垃圾還要多。二谷用筷子把杯麵碗盡量往裡面塞，劈啦一聲，底層下方傳來塑膠破裂的聲響。那尖銳的聲音把他嚇了一跳，轉頭看向蘆川，蘆川依然閉著眼睛。二谷豎起耳朵，確認依舊沒有鼾聲，而是有規律細微的呼吸聲，他漫不經心地想：感覺押尾就會打鼾。

今天從超市回家的路上，蘆川指著馬路前方，興奮地喊了聲：「貓！」一隻灰色的貓經過人行道邊緣。

「妳居然看得到，距離那麼遠吔！」二谷說。

「我喜歡動物。」蘆川看著貓說：「像這樣走在路上，都會忍不住尋找有沒有貓。不過，其實我比較喜歡狗。」

「這樣啊！我也喜歡狗，小時候家裡有養狗。」

「真的嗎？我們家有狗，是米克斯，大概……」蘆川說著，提起L尺寸的超市購物袋示意。蘆川提的那一袋裝著輕的東西、零嘴加上二谷自己要吃的杯麵，裝得鼓鼓的。「這麼大，叫小穆。」

「小穆？」

「對啊！因為是領養的浪浪，不知道生日是何時，不過今年已經十歲了。非常可愛喔！」

「真好。」

二谷話一出口，立刻提防蘆川會不會邀約他「要不要來我家看？」沒想到蘆川只說：「都是狗派，所以我們才會合吧！」灰貓不知不覺間消失了。

二谷確認徹底抹去泡麵痕跡之後，鑽進發出均勻呼吸聲的蘆川旁邊。蘆川酣睡的呼吸聲停了，或許是醒了，但她什麼也沒說，二谷也沒有出聲。他背對蘆川滑手機，免得螢幕的光照到她。

長得可愛，性情婉約，廚藝很好，性事也很合拍，喜歡狗，和家人關係良好；雖然比自己大一歲，但感覺比自己小，大概是那種不管長到幾歲，一輩子都能做小服低的人。

二谷回想自己喜歡並交往過的女人……她們每一個都很像。

蘆川在下午兩點左右早退了。她毫無前兆，靜靜地起身，走到藤那裡，藤向分店長報告，然後蘆川像平常那樣回去了。

我去找藤，說和蘆川一起處理的合約停擺，可能趕不上明天的會簽單遞交。藤只說：「也沒辦法呢！」聽起來就像在說「如果妳一個人搞不定，那也沒辦法」。「可是」兩個字就要衝口而出，我還是把話嚥了回去。相反地，我歉疚道：「很抱歉。」但聲音尖銳得連自己都嚇到。藤嘆了一口氣，一副受不了的樣子。**蘆川要求早退時，就慰勞地微笑聆聽，這是什麼態度？**我一陣火大。明知道生氣也沒用，還是覺得氣不過。

公平待遇本來就是奢求。公司主管不是經過特別訓練的教職人員，難免會偏心。每個人都覺得自己的做事方式才是對的呢！藤說。有人不勉強自己，直接早退，有人比別人更拚，有人不加班，有人愛加班；每個人都覺得自己這樣才是對的，押尾妳也是吧？被這麼一說，話哽在喉間。

「沒辦法的事吧？做不到的人……呃，我不是說蘆川能力不好，只是其他的……唔，就是有一定數量的人，沒辦法逼自己，也不能因為這樣，就把他們開除吧？啊，其他公司怎麼樣我不知道啦，可是像我們這種算是有點規模的公司，沒辦法這樣做吧？本來就預設好會有各種員工了。蘆川不是算好的嗎？她真的很好了啦！像我在之前分店共事的真木，是一個四十五歲左右的男員工，我可能也跟妳說過。啊，妳知道？喏，那人就很糟糕，對吧？什麼花粉症很嚴重要請假、肩膀痠痛很難受要請假、氣壓太低提不起勁要早退，三天兩頭問題一堆。每個人或多或少都有難受的地方好嗎？只是每個人都在忍耐啊！然後開口閉口就是權利，勞工權利、生活品質、自己的權益要靠自己維護。好啦，這些我都懂。不如說我也想爭取好嗎？可是為了顧好自己，拍拍屁股回家去，那剩下來的工作誰做？花粉症這東西，一到那個季節每個人都很難受嘛！那花粉症很嚴重就回家的人，他們的工作還不是要其他一樣有花粉症的人來做？他們得勉強自己加班，收別人的爛攤，而且那些爛攤不是完全沒進度，就是卡在進退不得的狀況。我記得真木結了婚，還有小孩呢，兩個，太太好像是專職家庭主婦。妳能相信嗎？真的，我都不敢相信了。」

我不知道那個叫真木的人跟蘆川有什麼不一樣，不過藤說的，「**每個人都覺得自己做事的那一套才是對的**」，倒是說服了我。蘆川從不勉強自己，她認為做不到的事，不去做才是對的。她的對錯跟我不一樣，她活在不同的規則裡。

下班時間過去，二谷去茶水間泡咖啡喘口氣，我邀他去喝酒。八點過後，我們一起下班。我說，要不要分頭離開公司在店裡會合。二谷蹙眉說：「何必？一起去就好了。」公司前輩跟後輩下班後一起去喝酒，幹麼躲躲藏藏？雖然二谷並沒有這麼說，總感覺像是被他用指頭戳著鼻子這樣教訓。

我們同時起身，招呼道：「我們先下班了。」結果胸口貼在桌沿瞪著電腦螢幕的藤，倏地直起身體，糾纏地叫道：「什麼，你們要一起去喝酒？」我覺得煩。二谷說：「對啊！想說偶爾一起去。藤哥也要來嗎？」我不小心「咦」了一聲。藤在臉前揮著手說：「押尾不想要我跟吔——！真受傷——。那我一起去好了。哈哈，鬧妳的鬧妳的，我不會打擾年輕人啦！而且家裡已準備晚飯，我也差不多該回去了，不然老婆會罵人喔！」聽他這麼說，我們彼此招呼「辛苦了」，便匆匆離開公司。

走在一起時，二谷板起了臉。

「押尾，妳啊，態度太露骨了啦！藤是那種絕對不會當天臨時跟人喝酒的人，邀他也不會來的。就算不願意，也不要跟他擺臭臉啊！」

那裝模作樣的輕蔑語氣讓我莫名開心，我也故意幼稚地頂回去，應道：「可是，就真的很討厭啊！」

我們走進離公司步行約十分鐘的串燒店，這是越南人家族開的餐廳，雖然是串燒店，但副餐有越南河粉和越南法國麵包、椰子汁等等，還會問「小菜是香菜沙拉，如果不敢吃香菜，可以換成鳳梨」，這種亂無章法特別有趣，我有時候會來。

這麼說來，我也跟蘆川來過。剛進公司的時候，午休跟她一起來吃越南法國麵包，那時候還說「下次我們晚上一起去喝酒」，但從來沒有實現。

用生啤乾杯之後，點了綜合串燒，邊吃香菜沙拉邊等餐點上桌。二谷開門見山地探問：「妳約我喝酒是有什麼話要說嗎？還是就單純想喝？」他就是這種地方好。

「就單純想喝而已。蘆川早退，工作變多，即使都是些小事，也已經處理掉了。不過，要是沒那些事，其實七點就可以下班了。所以想說把多做的加班費拿來喝掉。」

「咦，妳要請客嗎？」

「可以啊！」

「說笑的啦！我才不會讓晚輩請客。」

二谷端起啤酒杯喝起來，還是一樣，喝得很快。

「不覺得幹麼不吃止痛藥嗎？」
「妳說蘆川？」
串燒上桌了。「不用拆下來吧？」二谷確認地詢問，伸手拿起串燒。我也抓起一根醬汁香氣誘人的串燒，啃了起來。
「說什麼偏頭痛很難受要回去。我也有偏頭痛啊！每次下雨前頭就會痛，辦公室的抽屜裡都會放頭痛藥備用。頭痛就要回家，是要怎麼工作啦？雖然都沒有人說。」
「就算頭痛也不准回家。這種話，這年頭不能說出來吧？」
「可是每個人心裡面都在想啊！」
「是啦！」
二谷應該也處理了蘆川留下的瑣碎工作，打了幾通電話向還沒寄來請款書的業者催促。雖然是小差事，但一件接著一件就很煩。得先確定真的沒有收到請款書嗎？應該哪一天前要收到？接著再打電話，只是由於不是自己負責的工作，光是確認就要花一些時間，然後打電話寒暄應酬「不好意思啊」什麼的，記下預定幾號前要收到。即使是這麼簡單的事，處理個三、四件，也會耗掉快一個小時。

為自己的工作加班，和為別人的工作加班，感覺就是不一樣。疲累程度也不一樣。不是肉體上的疲累，那麼是精神上的疲累嗎？但又覺得那果然還是肉體上的疲累。肩膀後側到背部又痠又重，痠痛感往下沉，來到腰部，繞到前方，停留在肚子的肥油堆積處。戳戳肚肉，是這玩意兒讓我不滿嗎？想想或許還要在這裡工作四十年的人生，想想應該不久後就會調到其他分店。其實不管去到哪裡都有像蘆川那樣的人，必須跟那樣的人一起工作的日子永無盡頭，不曉得還要幫忙收爛攤幾小時幾天。

雖說身體不舒服就該回家休息，讓狀況好的人來做事就行了，但應該次數要有限制，是以互惠為前提才能接受的規則。結果世界是靠著忍耐的人、能夠忍耐的人在運轉。世界，這個世界，我生活觸及範圍內的世界。

「啊——，好想升遷喔！」

「真假？」二谷怔住。

「唔……想說與其要像這樣工作下去，至少也讓我往上爬吧！」

不過，升遷意味著成為主管，成為主管就必須管理部下，這麼一來，就絕對沒辦法叫偏頭痛很難受的人吃藥繼續工作，會被追究管理責任。在職場上固然不能說，身為主管，在這種下班後的酒局場合也不能說了。

「因為不能對蘆川說什麼，所以妳才跟她作對嗎？是說，妳有找她麻煩嗎？我是看不出來啦！」

「我有啊！我對她很壞，應該說，我對她很正常。」

「很正常？」

「大家都對蘆川太溫柔了，不是嗎？我對她的態度才叫正常。整理以前的資料那種事，我不會拜託蘆川，而是叫PT去做。處理業者糾紛還是談條件，這些本來就是正職應該要做的事，我就會叫蘆川做。雖然老實說，拜託資歷更久的PT原田，還比較可靠。」

公司的規矩，是不讓蘆川做她覺得吃力的工作。這並非明文規矩，而是心照不宣的默契，我只是稍微跳脫這樣的默契而已。

這個麻煩妳。我這麼說，交辦了工作，蘆川會微微歪頭，滿臉不安地「嗯」一聲。不安地搖擺的眼神，我見猶憐，讓人想要伸出援手，既可憐又可愛。

幸好我討厭她，因為可憐的事物，愈可愛就愈讓人想虐待。只是我就這樣被迫扮演壞人，也教人火大。工作能力差的人、工作都靠同事做的人，怎麼能擺出一副被害人嘴臉？

二谷好像在跟蘆川交往喔！我想起在廁所只有兩個人的時候，原田提點地對我說悄悄話。多管閒事！原田那人老是擺出只有自己才是正直溫暖的好人代表的嘴臉，對容易保護的對象特別好，藉此獲得滿足，讓人生氣。

「我想去你家玩。」

我無意義地拿起二谷喝光的啤酒杯說。杯子側面滿滿的水珠淌下，形成大水滴，在杯底畫出半圓後落下。二谷伸出食指摳著在桌面擴散的小水窪。

「可以啊，可是我不跟同事上床！」

「你不談辦公室戀愛？」

「不覺得很不純嗎？隔著一層職場濾鏡的戀愛。」

我冷冷地笑了，他以為沒有人知道。

「我有點明白。」

「有點？明白什麼？」

「不管怎麼樣都會聽到身邊的人的評語，如果要說是不是純粹依自己的判斷去選擇對方還是被選擇，好像其實也不是。就算是超級棒的對象，要是工作能力爛到家，也會覺得很幻滅。就是這樣對吧？」

「是嗎？」

我伸出食指勾纏二谷的食指，他的手指第二關節前面有些地方濕了。我像要把上面的水移到自己的指頭般纏繞著，在摩挲之間水也漸漸乾了。**既然如此，索性就這樣擦到全乾吧**！我這麼想，二谷卻喃喃道：「啊——啊——」拿起自己的擦手巾把我和他的手指都拭乾，手巾上還有擦過串燒醬汁的褐色污漬。和污漬完全無關，我卻想起了蘆川的臉。

你喜歡看書呀？我一進房間就問。二谷露出驚訝又像警戒的表情，皺眉反駁：「哪有？」**還哪有，面對馬路的窗戶底下，擺了大量的文庫本。**我指著那裡，只說了句：「那些。」文庫本封面朝上堆疊著，一落約三十冊，彼此扶持一般沿著牆壁一字排開。書堆上擺著面紙盒、沒闔上的筆電、冷氣遙控器、醫院掛號證、一疊集點卡、鮪魚和鯖魚罐頭等等。我心想：**要是想看底下的書，把書抽出來，高度失去平衡，應該會滿慘的。**「沒有精裝書呢！」我說。二谷眉頭依舊緊鎖，以正要解除警戒的沉靜聲音回答：「太貴了。」

房間很簡樸，附廚房的單身套房，隔局和我的住處一樣。一進玄關就是狹小的廚房，廚房對面是衛浴，裡面是約四坪的房間。靠在右側牆邊的床鋪亂成一團，維持著二谷早上起床的形狀。床邊是一張矮桌，感覺擺上一人份的餐點就滿了，上面放著手機充電器。家具就只有這些，左右張望，廚房那一側的牆有個關上的衣櫃。

我把自己的東西擱到一旁，在書塔前蹲下。好像多是現代作家的作品。有芥川賞得主的書，也有完全沒聽過的作家。

「妳也喜歡看書？」

「唔……算吧！」

「這什麼回答？」

「我是喜歡看書，但也沒那麼瞭解，而且現在一個月頂多看個一本而已。高中啦啦隊有個跟我很要好的女生，超愛看書的，同時還參加了文藝社。她讀超多的書，很熟悉作家那些，跟她比起來，我覺得自己不能算是愛看書呢！」

「不用跟別人比較吧？去別人家，第一個就注意到書，還坐下來看，妳就是這麼喜歡書吧？」

二谷說著，從冰箱取出罐裝啤酒。還要喝？而且又是啤酒。我傻眼，但還是接了過來，兩人同時拉開拉環。

「與其說是喜歡書才注意到，更應該說是我想瞭解你，才會坐下來看，很好奇你都讀哪些書。因此，我覺得我還是不能自稱愛書人。」

「妳也太認真了。」

「我想瞭解你」這部分被露骨地略過不提，即使感到不甘心，卻又弄不懂自己有喜歡二谷嗎？我想追他嗎？雖然不明白，但過去談的戀愛，也是沒深思喜不喜歡，好像可以牽手就牽了，好像可以接吻就親了，順著氣氛肌膚相親，最後開始交往，或繼續交往下去。這次或許也是一樣。

向來比起隨波逐流，更像是我主動製造出這樣的發展。發展是可以輕易製造的，也因為可以輕易製造，所以也能輕易改變方向。

二谷就像故意把他的手，或者說將沿牆堆積的文庫本擺在這樣的發展前方，以減緩它的流速。不過，他覺得如此就好的話，對我比較方便。若是能建立沒有性行為的關係，這樣比較舒服。我突然發現這件事，心跳加速。

我暗自決定手上這罐啤酒是今天最後一罐，接下來喝剛才去超商買的茶飲，然後叫計程車回家。

我喝著手中不知不覺間緊緊握住的啤酒，不經意地和二谷對望了。看不出神色的眼睛讓我有了不好的預感，想要搶先開口，卻被落下咽喉的啤酒阻止了。

「還是要做？」

既然說出這種話，拜託也擺出更適合一點的表情吧？

壓抑滾滾性欲的男人肅穆的眼神，我想要那種虛偽的肅穆。二谷拋出這句話，目光對著牆邊的書。我不懂這個人在想什麼，他看起來不像想做。就算我說「不要」，感覺他不會受傷，也不會因此安心，有種都無所謂、心不在焉的感覺。對，心不在焉，他把心丟在哪裡了？我尋思著，明白了自己被牆邊的書吸引的理由。我把身體挨向他。

出乎意料的是，二谷的動作很小心。我以為他這個人適合更敷衍、更漫不經心的行為，但他觸摸肌膚的手法很溫柔，逐一確定我的反應才進行下一步。那甚至稱得上膽小的鄭重，讓我覺得很棒，棒到逼得我不得不變得粗魯。

我咬住二谷的脖子，二谷喊痛，聲音卻平板得讓我害怕。我把環在他裸背上的手滑下腰部，觸摸他的胯間，那裡確實灼熱鼓脹，然而他的聲音極為冰冷。

忽地，我覺得或許到此為止才是恰到好處，遠離了他的身體。二谷似乎立刻就懂了，抬起撫弄我身體各處的手，詢問：「要停嗎？」我向他點頭，二谷溜出被窩離開。

我躺在床上發呆，二谷走過來問道：「要吃泡麵嗎？」不知不覺間，他上身已套了件T恤。

「現在嗎？你要吃嗎？會胖喔！」

我一邊擺手說我不用，一邊起身。二谷從冰箱上一堆杯麵取出一杯，在鍋裡裝了自來水開火。只穿了件內褲的下半身很瘦弱，顯得毫不設防。我心想：剛才我被那雙腳夾住。

意識轉向自己的身體，就要起身穿衣服時，二谷開口說道：「還是不要好了。」那是決絕的宣告。一瞬間，我以為是在說跟我上床的事，抬頭望向二谷，只見他正把杯麵放回冰箱上。外包裝的塑膠膜好像已經撕掉了，丟在垃圾袋裡。我想到那一牌的泡麵包裝是我們公司做的，但沒有提出來。

「你不吃了嗎？」

「嗯！本來想吃，但又想到今天晚飯吃了居酒屋。因為吃了香菜跟鳳梨，腦袋秀逗，有種已經在家好好吃過一頓的感覺。」

好像不是在意熱量才打消念頭的。我本來想吐槽，剛好重新穿上胸罩，正在把胸部兩側的肉塞進罩杯裡調整，所以只應了聲「這樣」。

我背對二谷，把掉在地上的衣服也穿上。想沖個澡。明天還要上班。看看手機，是平常都在被窩裡聽廣播節目的開始時間。

「水滾了。」

二谷說既然都燒水了，泡了杯茶給我。狹小的矮桌擺了兩只馬克杯，各別漂著一只紅茶包。

「我在家的時候，一個茶包都要泡上兩杯。」

「我平常也是。茶包不拿出來連泡三四杯。今天奢侈一點。」

「是為了招待我嗎？」

「妳大學讀什麼系？」

二谷突然話鋒一轉。

「觀光系。幹麼突然問這個？」

「觀光系是念什麼的？」

「思考要怎麼樣地方創生，製作觀光手冊那些。畢業研究是講座活動，大概有二十個人，大家一起去瀨戶內海人口一百人左右的小島，幾個星期一輪，總共住上兩年，開發新的觀光資源，宣傳小島。」

「是喔！好有生產性。」

二谷似乎是在稱讚，但聽起來很刺耳。我想要中和這種感覺，決定一口氣說下去。

「我自己也是九州鄉下來的，卻拋棄故鄉，跑去幫別人的故鄉做觀光開發，內心滿矛盾的呢！大概是因為這樣吧？儘管很有意義，也很充實，就是有種消化不良的感覺，因此畢業後沒有去觀光類的企業。我同學幾乎都進了觀光業，也有幾個人就那樣留在瀨戶內。」

二谷拎起茶包繩上下搖晃。

「二谷你是經濟系的吧？」

猶記得在二谷的迎新會上，聽到他跟別人這樣說，當時我心想：他**看起來就像念經濟的**。

二谷把兩個茶包都拎出來，用面紙包起來丟進垃圾袋。

「其實我想讀文學系，可是大家都說男生念文學會找不到工作，我也這樣覺得。即使喜歡看書，一說到想不想研究文學，也實在說不上來，便進了經濟系。也不是特別想研究經濟，不過就算沒那個心，也照樣畢業了。」

我拿起其中一個馬克杯，茶水太燙了，還無法入口。我把杯子拉近自己，就像要把蒸氣攬進懷裡。

「我那時候交往的女友完全不看小說那些，卻進了文學系。她說，不出所料，系上全是女生，我覺得幸好沒進去。不過，去她住的地方玩的時候，房間裡有文學史和文學論那一類的書，說是指定教科書，一定要買，然後小說也愈來愈多，一樣是因為上課要用才買的，都排在床頭的簡易書架上。每次她在下面我在上面做的時候，她的頭頂就是書，我怎麼樣都會看到那些書。還會瞧見自己的汗飛到那些書上，滲進書的上側。因為只有幾滴，不會把書弄皺，一下就乾了，而且她的臉對著天花板，不會發現頭頂上的事。只有我在汗乾了之後還在思索著，汗飛到書上去了。到了二年級，她的書變得更多，床頭的簡易書架已放不下了，開始在地上堆成一座座高塔。這時我後悔還是應該進文學系的，結果連帶開始討厭起她來。現在回想，那或許只是自我厭惡，可是那時候就覺得這女生裝什麼認真，買那麼多課本，就像在挑毛病似的，覺得很煩躁，最後就分手了。」

你喝醉了嗎？我問。二谷說：「我不太會醉。」大口灌下紅茶。我心想他真不怕燙，也沾了一口，意外地可以入口了。

馬克杯裡剩下五分之一的紅茶變涼時，我叫了計程車回去住處。在計程車裡，我斷定地忖度：**二谷大學交往的文學系女友一定跟蘆川是同一型**。接著反省了一下：**我是搞砸了嗎？**

不過，這算是恰到好處。沒做到最後，恰到好處。往後我應該也不會跟二谷上床，可以不再猶豫，和他深入交往。

蘆川遞過來的是馬芬。

「昨天真不好意思，有時候頭痛起來，吃止痛藥也沒效。我回家以後再吃了一次藥，睡了一覺就好了。我做了馬芬，不嫌棄的話，請吃吧！謝謝你幫我處理工作。」

用印有粉紅小花的半透明塑膠袋和黃綠色緞帶包裝起來的馬芬，約有拳頭那麼大，二谷本來要用一隻手接，又覺得這樣似乎不太禮貌，把放在鍵盤的另一隻手也伸了過去，雙手接下。謝謝！他說。還說：妳太客氣了。

這雖然是二谷口中說出來的話，卻也是蘆川來到二谷的座位前，從分店長和其他幾名主管的座位傳來的話。已經有幾個人吃了起來。真好吃！聲音懇切地這麼說的是藤。蘆川轉向藤，「呵呵」微笑。

「我留著當下午點心。」

二谷說著，把馬芬放到桌子左邊，藏在電話機後方。蘆川重重地點頭，表示理解，接著從掛在右臂的紙袋取出下一個馬芬，前往押尾的座位。隔著蘆川的背影，二谷和押尾眼神交會了一下。押尾臉上已經擺好無可挑剔的笑容，準備迎接蘆川。

蘆川以重複了好幾遍的說詞為昨天的身體不適道歉，同時遞出馬芬。押尾就像在講給旁人聽似地說：「好厲害喔！我都不會做這種的。看起來好好吃吔！」藤附和道：「就算是女生，這年頭也很少有人會做甜點了呢！」「對啊！我大學畢業後就一直一個人住，雖然會煮飯，但不會做甜點，也沒那個美國時間嘛！」押尾應話，然後轉向蘆川又說：「妳真的好厲害。」

「這其實一點都不難啦！真的沒什麼厲害的。我有時候也會做一些簡單的點心。」

蘆川繼續把馬芬也分送給PT，每個人都拿到之後，在自己的座位放了一個，把似乎空掉的紙袋折起來收進抽屜裡。辦公室裡充滿了甜香氣味，稱讚好吃的聲音此起彼落。

看看押尾，她的馬芬沒有拆開，還放在桌上，不是像二谷那樣挪到桌角，而是坐鎮在電腦正前方。她的臉上依然掛著笑，似乎注意到二谷在看她，但沒有回看過去。二谷忽然想上小號，站了起來。

從廁所出來，經過短廊的時候掏出手機瞄了一眼，收到了訊息。

『有人讀了這次書店大賞的作品嗎？』

是大學輔系講座的LINE群組。不分院系，三年級的時候，可以參加感興趣的講座，由於不是畢業條件，不參加也行，當時有文學講座，他便參加了。雖然每星期碰面的時間只有短暫的一年，但畢業後都六年了，LINE群組仍有對話。

『沒吔！好看嗎？』

還沒關掉對話框，其他成員又發言，立刻得到回覆。

『超讚的，不愧是得獎作品！』

那本書二谷沒看，也不知道得了書店大賞。他在內心較勁：**可是我知道書名跟作者。**震個不停的手機讓他覺得厭煩，關掉通知，把手機收回胸袋。

這個定期聊書的LINE群組，二谷已經很久沒有浮出來發言了，但裡面的對話他都有看。他一直在想什麼時候會被踢出群組，卻都沒有被踢走。不管二谷在不在，大家照樣盡情聊書。

如果喜歡看書，像這樣當成興趣繼續閱讀就好了。輔系文學講座的成員都不是文學系的學生，他們各自從經濟、法律、理工等科系畢業，工作也都選擇了與文學毫不相干的職業，純粹把閱讀當成了嗜好，繼續保持下去。

二谷也覺得一般都是這樣的，只是儘管這麼想，在職場遇到文學系畢業的人，他就無法平心靜氣。他認為念經濟對找工作比較有利，才選擇了經濟系。可是其他分店的同期，還有職場的前輩後輩裡面，文學系畢業生也不少。

雖然有點誇張，二谷還是忍不住一再思考：**選大學科系那時候，比起自己的愛好，我選擇了感覺會更有利的人生。**每次暗忖，都讓他無法繼續對「喜歡就好」的態度安然處之。他覺得好像有什麼比愛好更重要的事物，全憑喜愛來評斷一切，就會錯失了那最珍貴的東西，同時也希望事實就是如此。

二谷在走廊停步，看見張貼在牆上的社內新聞，介紹岡山新落成的公司大樓的報導。〈屋頂花園的美侖美奐〉這個標題讓他煩躁，不是「美侖美奐的屋頂花園」，而是屋頂花園的美侖美奐。**美侖美奐個什麼啦！**這番怒意幾乎是在找碴，卻帶著明確的熱度自肚腹湧出。

回到座位，把蘆川昨天早退時丟下的會議資料再看一次，重做了幾個圖表，變更議題次序。昨天押尾說的，他完全明白，也感同身受。不希望別人覺得自己軟弱，更不想被認定為無能。希望每個人都覺得他和別人一樣水準，或是比別人能幹——他不覺得這種想要得到肯定的需求是沒有意義的。

會議資料這種東西，有誰會想做？有人想要為了製作這種圖表而活嗎？要是每個人都只做想做的事、駕輕就熟的事、舒適愜意的事，事情怎麼可能辦得下去？不想做的事、累人的事都沒人要做的話，工作就要停擺了。工作停擺，公司就會倒掉，這種公司倒掉算了……這實在過度放棄思考了。二谷這麼想。然而，他也覺得理直氣壯地說「我頭痛想要早退」的蘆川，那糟糕的臉色並不是裝出來的。

由於走到走廊上，嗅覺已重設，再次重回辦公室，室內瀰漫的甜香更顯得濃膩刺鼻。還有人在說：真的好好吃喔！謝謝。二谷伸手拿話筒想打電話，指頭碰到放在電話機後面的馬芬。

「幸好大家喜歡。」

後來，蘆川三不五時就會帶親手做的甜點來辦公室。

每逢週五夜晚，蘆川就會來到二谷的住處，換上當成居家服的質地柔軟的長洋裝，說著：「那我來做晚飯囉！」接著站在廚房忙碌。每次二谷都把「吃超商就好了」這句話，嚥進肚腹深處。

糖醋小黃瓜魩仔魚、淋上香味醬的炸雞塊、加了炸茄子的味噌湯，蘆川站在只有單口的瓦斯爐前，以熟練的動作烹調出好幾道菜，甚至趁著空檔連鍋碗瓢盆都洗好了。

一開始二谷還會幫忙，但蘆川嫌棄他礙手礙腳，他也就把這話當真，坐在床上聆聽廚具碰撞的聲響。

過了約一個小時，蘆川招呼道：「請幫我拿啤酒和筷子出來。」他便丟下正在對戰的手遊站起來。丟在床上的手機轉暗的螢幕當中，正與世界上的某人對戰的二谷戰士團倏忽群龍無首。**應該會派出一堆消費1[2]的雜兵出擊，輸掉戰役吧？**

二谷把兩罐啤酒、兩副筷子、冰箱裡拿出來的一盒醃梅子，放到矮桌上，心想：**乾脆就吃這些也行啊！有啤酒和醃梅子就夠了。**肚子餓的話，有微波就能吃的盒裝白飯，也有泡麵。若說為了健康著想，應該要攝取蔬菜魚肉，超商有賣沙拉，也有賣煎魚。蘆川把菜端上桌，矮桌擺不下的盤子，放在網購買皮鞋時寄來的紙箱上。

兩人一起合掌說：「開動。」便吃了起來。二谷夾起小黃瓜稱讚道：「好吃！」大啖炸雞讚揚道：「好好吃喔！」喝了口味噌湯讚嘆

---

2 註：消費（COST），電玩遊戲中基本關鍵字，指生物卡、法術卡及角色技能等所需消耗的MP量。

道：「真美味！」

大概十五分鐘就吃完了。一下班回來就立刻動手，花了快一個小時準備的飯菜，短短十五分鐘就消失無蹤。一天要吃三餐，要是天天都得這樣準備，簡直累死人。因此，二谷認為既然超市或超商就有現成的可以買，何必費事自己做？儘管這麼想，他並沒有說出口，而是誇獎「真好吃」。

對於只是為了存活，攝取供應身體和腦袋能量的活動，卻得逐一抱持「好吃」的感情，然後還要把它轉化成語言向蘆川表達，果然是累煞人了。

二谷放下筷子嘆了一口氣，蘆川起身打開冰箱，說：「還有飯後點心喔！」拿著保鮮盒走過來，裡面裝著切成一口大小的西瓜。

趁著一身傳統工作服的老闆離開的空檔，二谷細語道：「關東煮的話，去超商買回家吃也行吧？也不必特地跑來吃。」

我明確地開口反駁。

「我覺得不一樣。超商的關東煮也很好吃，卻還是比不上關東煮店的，絕對！你看，番茄、蘆筍這些關東煮料，超商看不到，牛筋也煮得入口即化。」

距離二谷住的公寓徒步約十分鐘，隱密地藏身在住宅區的這家關東煮店，與其說是風情獨具的老民宅，不如說是單純老舊的透天厝一樓。店面狹小，座位只有沿著橫長型大關東煮鍋設置可容納六人的吧台座，以及一張四人桌而已。

窗戶被風吹得喀噠作響，濕暖的戶外空氣撫過腳邊。店裡只有上了年紀的老闆一個人打點。不知道是因為地點遠離車站，或只是單純正值盛夏，沒什麼人要吃關東煮，店內客人稀疏。除了擠在吧台座右邊的我們以外，就只有隔了兩個空位的左邊靠門座位，有個男客挽起袖子在喝酒。

關東煮相當入味，十分美味。據說是關西風味的高湯呈淡金黃色，滋味舒心，用湯匙一口口舀不滿足，讓人想要捧起碗來大口暢飲。創新也不錯，但果然還是經典最美味。我邊吃鱈魚豆腐邊這麼思忖。

「妳喜歡美食？」

這人怎麼問這麼奇怪的問題？我心裡嘀咕著，歪頭反問回去。

「有人討厭美食嗎？」

結果二谷陰沉地笑出來。

「我討厭為了食物而選擇生活。」

老闆詢問要不要喝點什麼？我跟二谷剛好都喝完第二杯啤酒，他點了第三杯啤酒，我則要了一杯日本酒。

「雖然有時候也想吃關東煮，但為了吃關東煮而特地跑去關東煮店，感覺就好像自己的時間跟行動被食物制約，我覺得很討厭。如果超商有，去超商買就好了，我會這樣想。」

「今天也不是特地來吃關東煮，是想說晚餐要吃什麼，在路上閒晃，你想到這裡有家關東煮店，我們才來的。這樣不就好了嗎？不算是你說的『行動被食物制約』吧？」

二谷拿筷子的手抵著下巴，思忖了片刻，當我吃完一咬便湯汁滿溢的竹輪麩時，他才開口說：「今天這樣應該算過關。」

「過關」這個形容，讓我感覺到二谷的偏執，覺得這種氛圍陰魂不散也麻煩，決定再安撫他一下。

「我喜歡美食，不過也只是覺得要是吃到美食就算幸運，並沒有把追求美食當成人生目標。像那種會特地開車或搭車大老遠跑去吃好料的人，我就完全不能理解，也覺得他們很傻。不過，我喜歡像這樣跑來住家徒步範圍內的店，吃好吃的東西。就算麻煩，人還是每天都得吃飯不是嗎？比起上超市，煩惱要煮什麼，切菜煮菜花上大把時間，然後兩三下就吃掉做好的東西，倒不如像這樣花錢買專業人士烹調的料理，吃著端上桌的美食，一邊聊天還比較好。」說到這裡，我停頓了一下，吸了一口氣。「你也是吧？」
聽著我的話，二谷的表情愈來愈柔和，所以我沒有打住，繼續暢所欲言。不過，我說的幾乎都是瞎掰的。
自己煮很麻煩，每天外食太傷荷包，胃也受不了。假日的時候，我會特地搭車跑去東京吃據說午餐很棒的定食餐廳，也會為了某地美食而旅行。今年的黃金週，我才跟啦啦隊的朋友四個人，一起進行了一趟信州蕎麥麵店之旅。
我懂！二谷點點頭，喝了口啤酒，放下酒杯再次喃喃自語「我懂」。看著這樣的他，我納悶這人到底是在仇恨什麼？美食、料理、自煮……我覺得這些都只是仇恨的果。
關東煮、上次的串燒店、居酒屋的各式菜色，二谷都很正常地品嚐說好吃，是說確實不像是發自心底的「好吃」。儘管他老是點啤酒，也難說是真心覺得啤酒好喝，會不會只是不得不喝？飯每天都要吃，不吃飯就會死，所以只好吃。

「二谷，你覺得吃飯十分麻煩，卻又非吃不可，因此你才會討厭吃飯，對嗎？」

我探問，細細觀察二谷，他的眼睛深處一片陰暗。「包括附帶的一切，我都討厭。」二谷回答。我想要瞭解他，卻又希望他能永遠保持這樣的眼神。附帶的一切？我追問。

「如果說吃飯很麻煩，不覺得人家會認為你很幼稚嗎？能稱讚好吃、什麼都吃的人，才會被當成大人，一個成熟的人。」

二谷用筷子戳著碗裡的蒟蒻。

「比方說，每一季都買當季流行服飾的人，就算把還能穿的衣服丟掉，也不會有人說世界上還有那麼多只能穿破衣的窮人，太浪費了。可是遇到食物，動不動就會招來這樣的指責。就算撇開便當完全沒動、直接丟掉等這種極端的例子，碗裡剩下兩口飯、或是說自己不太喜歡吃東西，馬上就會惹來指指點點，被責罵講這種話要遭天譴。」

「二谷！」我叫他的名字，與他對視。「你看看全世界有多少人正在餓肚子？你是因為出生在這個富裕的國家，完全不愁吃，過得太幸福，才能講出這種話。」

二谷哈哈笑出聲來。

「妳在學原田對吧？」

「啊，聽得出來？」

「很像，超像的。」二谷還在笑。「很會喔！那種刺激別人罪惡感的口氣。」他說著，伸手拿起啤酒。

「世界上有多少人正在餓肚子」這種話，總覺得蘆川也會說。只不過，我想像她應該不會是指責對方的口氣，而是傾訴自己有多麼地為此感到難過。

「蘆川感覺就喜歡美食呢！」我說。

二谷的目光對著關東煮鍋，金色的高湯裡，馬鈴薯和蒟蒻載浮載沉。感覺這要是蘆川，一定會一字一句拖長了聲音強調：「看起來好——好——吃——喔——！」光是想像，胸口就一陣窒悶。

「是啊！那個人很得體。」

「你那樣說，豈不是像在說我不得體？」

「那個人」這種不帶溫度的指稱，讓我覺得開心，我用左臂推擠二谷的右臂。二谷端起空了一半的啤酒杯要喝，又打消了主意，說：「給我喝一點。」便拿起我的日本酒杯。看他灌了一大口，我感到意外地說：「我還以為你不喝日本酒。」二谷說：「沒有啊！我什麼都喝。」接著又說：「這真好喝！」右手高舉盛著日本酒的透明酒杯端詳。就算對著光察看，透明的酒液依舊透明，哪看得出什麼？我覺得好笑。他剛才那句「真好喝」聽起來很真誠。這麼一想，我覺得更加諧趣，笑出聲來。

走出開著空調的室內，短短幾分鐘就開始冒汗了。太陽即將西沉，光是正午餘韻散發的熱度就夠烈了。二谷走近自動販賣機要買咖啡，結果買了碳酸水，只有握著保特瓶的手掌能夠逃過暑熱的摧殘。他轉身準備回去工作，看見蘆川就站在區隔公司和大馬路的圍牆外。蘆川發現二谷，加深了臉上的微笑舉起手。二谷走過去，蘆川雀躍地說：

「真巧。」

「我弟剛好開車載著小穆來接我。你要不要看看小穆？」

「啊，真的嗎？我想摸摸牠。」

聽到狗要來，二谷心情大振，從正門繞了出去。很快地一輛廂型車靠近了，副駕駛座的車窗打開，看上去比二谷小個三歲左右的男生從駕駛座伸頭過來說：「你好。」二谷也招呼道：「我是蘆川小姐的同事，平日受她關照了。」看看車子裡面，小穆坐在後車座，毛色是褐色，只有鼻周是黑的，長得一臉溫馴。

蘆川慢慢地打開車門，免得小穆衝出來，然後把手伸進去想抱起小穆，但小穆非常興奮，汪汪叫著，在座椅跳上跳下，毛毛躁躁，沒辦法抱起來。

「要是衝出來會很危險的，我從外面摸就好了。」二谷說。「我進去車子裡面抱著牠，讓牠把頭伸出去給你摸。」蘆川提議道，迅速從另一邊上車。這段期間，蘆川的弟弟向二谷攀談：「我姊姊給大家添麻煩了。」

「哪裡，我春天剛調到這家分店，工作都要靠蘆川指導我，我才是受她照顧了。」

「教你？我姊嗎？」

弟弟驚呼地反問。二谷聽出聲音中的輕侮。蘆川打開後車座的窗戶，讓小穆坐在膝上，從後面摟住牠，不讓牠衝出去。

小穆依舊興奮不已，仰望著二谷，連露出嘴巴的舌頭上的黑色斑點都好可愛。二谷手心向上靠了過去，小穆把濕答答的鼻頭按上來，嗅聞著二谷的味道。二谷用濕掉的手搔搔小穆的下巴，朝臉頰撩上去，還摸了頭。久違的狗兒溫暖的觸感和帶著動物氣味的濕度，讓二谷沉浸在幸福裡。

弟弟穿著西裝，似乎是下班回來。「要帶小穆出門嗎？」二谷歪頭問。**若是要出遠門散步，天色就快黑了，難道是要帶去動物醫院打預防針？**「要送牠去寵物旅館。」蘆川替弟弟回答。

「其實我弟要結婚了。女方家很遠，說好雙方父母要在那邊見面，明天一大清早，我爸媽和弟弟就要過去那裡，住個兩天一夜。」

「啊，原來是這樣。恭喜了！」

二谷轉向弟弟行禮道喜。

弟弟也微微頷首說：「謝謝。」

「原來如此，所以小穆要留在寵物旅館呢！」

二谷摸著小穆的頭說。蘆川說：「我也要留下來看家。」二谷把手從小穆頭上抬起來，看向蘆川。

「聽說，這次只有雙方父母見面而已，對方的兄弟姊妹也都不在當地，像是手足和親戚等等，要到婚禮時才會再次見面，因此我也先不過去了。」

唉，我也好想去旅行喔……！蘆川遺憾地說。二谷問：「那為什麼要把小穆送去寵物旅館？」弟弟聞言誇張地大嘆一口氣，那聲音聽起來也像是在「啊哈哈」地笑。

「我姊一個人沒辦法照顧小穆啦！她一個人沒辦法弄飯，也沒辦法帶牠散步。小穆會聽我爸媽的話，只有我姊牠完全不甩。」

蘆川露骨地鼓起腮幫子裝出彆扭的樣子，伸手輕打了一下駕駛座弟弟的手。還以為她會說什麼，但她只是「齁」了一聲而已。小穆正在舔著二谷的手。

走到站前，進入御好燒[3]店，牆上貼著褪色的海報，以手寫字寫著：〔**正宗大阪人經營**〕，店內有四張附大鐵板的桌子，以及六間一樣有鐵板桌的凹式榻榻米地板包廂，大約坐滿了一半。我在唯一空著的桌位和二谷面對面坐下，向送來濕毛巾的店員點了兩杯生啤，打開菜單。

「盂蘭盆節連假妳有去哪裡嗎？」

「滿爛的，一直待在東京。」

「爛？怎麼說？」

「下個月我高中朋友結婚，要跟我一起參加的朋友都是高中啦啦隊的，她們說要做啦啦隊表演當節目，想瞞著新娘給她個驚喜，請新郎

3 註：御好燒（お好み焼き），也譯為什錦燒，各地有不同風味，其中以關西（大阪燒）及廣島（廣島燒）最為有名。

參加一部分表演……連假就全部耗在計畫跟練習上面了。」

我回想，忍不住沉重地嘆了口氣。

「啊，聽起來怎麼說……好辛苦喔！我沒看過啦啦隊表演，只是想像而已，不過那跟啦啦隊女孩又不一樣吧？有像疊羅漢的動作，很激烈不是嗎？」

「其實正式來說，沒有啦啦隊女孩這種東西，那其實比較接近角色扮演。社團活動、比賽那些的是啦啦隊表演，還有一種叫做競技啦啦隊。競技那邊的有時候也叫競技啦啦隊女孩，但正式名稱是競技啦啦隊員。」

「哦，競技啦啦隊員！」

二谷點點頭，像在表示聽過。

「英文叫cheerleader，cheer就是加油，leader這字是還滿誇張的。競技啦啦隊要花很多心力練習，而且十分危險。站在別人肩上，肩上又站著人，疊成三層，或是全靠臂力彼此支撐成扇形，就連整齊列隊前進，也不是說以前練過就沒問題這麼簡單。因為如此，我才反對拿來當成婚禮節目。」

「可是大家還是決定要做？」

我點點頭回應。店員送上了啤酒，我們又點了蘆筍、豬頰肉鐵板燒和豆腐排。店員抄了點單轉身回去廚房，馬上就端著菜肉盤過來了。鐵板開火，淋上油，煎起蘆筍和豬頰肉，隔了一點距離的地方也煎起切塊的豆腐，淋在豆腐上的醬油飄出焦香。店員說熟了就可以吃了，離開桌旁。

「三層疊羅漢實在做不到，於是決定組成隊形，以頭部手勢這些上半身的吸睛動作為主，只表演一小段。不過，拿著彩球做出像樣的動作，其實很操勞肌肉。只是記住動作的話，練習個幾回就行了，但如果動作要做到位，不自己在家練習實在不夠。」

「妳的老家在九州嗎？」

「在福岡。不是博多，是偏鄉下那邊。」

「就算要練習，妳朋友不是都在故鄉嗎？」

「有一半都到關東來工作了，大阪那裡也有一些。大家說可以集合的人分成小組自主練習，婚禮是辦在故鄉，前一天再集合團練……但哪可能這麼順利嘛！」

二谷幫御好燒翻面，順便翻了翻蘆筍和豬頰肉，我把豆腐翻面，傳出新的滋滋燒烤聲。

「妳真的很認真呢！」

二谷喃喃道，不像佩服也不是奚落，感覺就只是這麼想而已。

「妳應該不是喜歡啦啦隊表演，所以才想做到好吧？只是覺得既然要做，就要做到好，對吧？」

我有點驚訝，確實就像二谷說的，我尋思該怎麼回答。二谷舉手向店員點了啤酒，不是生啤，而是整瓶。「兩個杯子。啊，要大瓶的！」我等瓶裝啤酒和兩只凍得結霜的杯子擺上桌後，才又開口。

「我不是特別喜歡啦啦隊，只是個性認真，又可以勝任，才一直參加而已。高中社團活動只到三年級的暑假前，所以正式活動只有兩年的時間。我在高中班上，沒幾個同一所國中的女同學，一開始坐我隔壁的女生說要體驗啦啦隊，我也跟著去，就這樣一起入社了。練習很累人，不過運動社團的練習大部分都這麼累，而我也不是超級痛恨練習，結果就這樣一直待到三年級退出，就只是這樣而已。都已經是高中的事了，出社會以後還會被人家說，『妳以前是啦啦隊的啊！真有活力。』這真的滿討厭的，或者說很莫名其妙，只能苦笑。現在又要我在婚禮上表演啦啦隊當節目……」

就算為了婚禮節目而稍微練習，也不可能做出和每天操練的高中那時候一樣水準的表演，顯而易見，只能端出「仿啦啦隊」的成果來。而讓新娘看到的驚喜，或許也只能是「仿啦啦隊」的表演，但顧及氣氛，新娘應該也只能裝出感動的樣子。萬一新娘是真心感動，那也滿可怕的，會覺得也太誇張了吧？我們是朋友沒錯，可是想想我們居然被那短短兩年的時光綁得那麼緊，被網羅在一起……永遠網羅在一起，是滿莫名其妙的。

「我就是不喜歡半途而廢，想到如果說要退出，會引起什麼麻煩、身邊的人會有什麼反應，這些還比較累人。那個時候不覺得自己不適合啦啦隊，每天都在練習，真的有夠累的。不過，由於每個人都在喊累，所以覺得大家都一樣。一直到退出以後，才發現我跟大家不一樣。每個人都說還想要再繼續參加啦啦隊，她們一臉認真，說還想再一起站上舞台，上大學以後還要加入啦啦隊。但我絕對免談，絕對、打死都不想。我這才發現原來自己不適合啦啦隊、自己根本不喜歡幫別人加油打氣，只是做得到、做得好而已。我也覺得這跟工作有點像。雖然自己應該會就這樣做到退休，只是每天都好討厭上班。這種話或許不該對同一個公司的前輩說，可是每個人不是都喊上班累人嗎？所以會覺得這才是常態。儘管每天都覺得很討厭，但因為每天都能處理好工作，就覺得應該會永遠持續下去吧！」

「我可沒那麼討厭上班。」

「嗚哇，真的假的？」

「嗯，因為又沒別的事好做。」

二谷露出賊笑，我知道他是在說笑。

「呃，有吧？明明有一大堆可以做的事。啊，好討厭喔！婚禮節目。表演結束前，連酒都不能喝，難得參加婚禮吔！」

「這麼說來，婚禮上也會吃飯呢！」

二谷露出厭煩的表情嘀咕道。

「就連替別人慶祝都得吃吃喝喝才行，太恐怖了。」

我點點頭說：「就是啊！」明明自覺開始醉了，卻在想今天回家後也得練習啦啦隊動作。

收拾在會議區攤開來的標籤色樣，回到自己的座位，坐到電腦螢幕前，眼角瞥見押尾嘆了一口氣。二谷心想：上午她犯了一點錯，還在耿耿於懷嗎？這時蘆川從茶水間出來，揚聲說：「三點多了，我可以把今天的點心拿出來了嗎？」二谷修正了押尾嘆氣的理由：原來是為了這個。

「今天我做了蛋糕。」

蘆川從冰箱取出雙手環抱那麼大的紙盒，還沒看到裡面的蛋糕，PT們便七嘴八舌說：「好專業喔！」蘆川呵呵微笑，把紙盒擺到會議區桌上，打開盒子側面，拉出裡面的蛋糕，是一整顆鮮奶油蛋糕，上面以純白的鮮奶油點綴著滿滿的蜜柑和奇異果等清涼的水果。甜香一眨眼便彌漫在空氣裡。

「太厲害了，對吧？」

藤轉向二谷，說著：「對吧？」二谷應道：「真的好厲害！」幾個女PT掏出手機拍了好幾張照片。

上個週末，蘆川沒有來過夜，她說星期六要參加蛋糕抹面教室，然後星期天花一整天做蛋糕。**這就是當天的成果吧！**

「什麼叫抹面？」

上上個週末，二谷吃著蘆川做的法式鮭魚排探問道。蘆川難得一臉得意地告訴他。

「就是在海綿蛋糕均勻抹上鮮奶油的技術。必須抹得沒有空隙、厚度均勻，就像用機器抹的一樣。」

如果想吃機器抹的蛋糕，吃工廠做的蛋糕就好了。二谷這麼暗忖。蘆川似乎不這麼認為，起勁地說明。

「星期六我要去學，星期天做，如果成功，我再帶來。」

二谷以為是要帶去他的住處，沒想到蘆川說的是帶到公司。

「那個抹面的教室在哪裡？」

「自由之丘。說是教室，也不是正式的烹飪教室，是個人住家。那個人廚藝超級厲害，會請學生去她家，傳授一些類似小撇步的技巧。我看到她社群網站上的照片，她家廚房超大超漂亮的。」

「自由之丘？妳說東京的嗎？還要去到東京？」

二谷驚訝地反問。蘆川只是點頭說「嗯，對」，繼續說下去。

她眼睛閃閃發亮，說那個廚藝超厲害的人平時在丸之內的貿易公司上班，工作應該很忙，卻能每天準備超精美的餐點，假日還會做糕點，把那些照片上傳到社群網站上，非常火紅，將來一定會出書。

二谷問：「妳也想效法她嗎？」結果蘆川的嘴巴倏地定住，恍然地喃喃道：「或許吧！」這個人隨隨便便就會崇拜別人。二谷思忖著，覺得很無趣。

學到那抹面技術的蘆川的蛋糕成果，就在眼前。

「不好意思，我把蛋糕切好了放在這裡，大家可以自己來拿嗎？」

蘆川切分蛋糕，一片片放上訪客用的碟子。她用的刀子是鋸齒狀的，據說切的時候不會破壞蛋糕或麵包的形狀，這也是蘆川自己帶來放在茶水間的。

眾人聚集到會議區前，已經有四片蛋糕切好擺在那裡，但每個人似乎都不好意思第一個伸手，說著：「真是太厲害了。」等待蘆川全部切好。二谷也加入其中時，中間隔了兩個人，站得離蘆川比較近的押尾出聲反應。

「蛋糕應該不夠吧？」

咦！真的嗎？呃，一、二、三……眾人開始數數，雖然口中驚呼

「咦！」每個人的表情卻都十分平靜，看得出聚集在蛋糕前面時，早就知道會有這樣的結果了。

「嗯，對啊！我沒辦法帶兩個奶油蛋糕過來，而且一個蛋糕不管怎麼切都只能切成八塊，所以對不起，只有八人份，要請大家決定一下誰要吃。」

咦咦！眾人嘩然，空氣露骨地轉為掃興。只有藤一個人語氣認真，彷彿已經確定吃不到蛋糕的人似地哀嘆說：「怎麼這樣，我是一定要吃的啊！」站在他旁邊的女職員哈哈笑了。聽到那笑聲，藤得意起來，接著說：「是說要是跟我講一聲，我就開車去妳家接妳了說。那樣不管是要帶兩個還是三個蛋糕，都沒問題了。喏，下次記得跟我說一聲啊！」蘆川眼睛盯著蛋糕和刀子，露出低頭的角度也看得出來的笑容，回應：「對啊！我怎麼沒想到。下一次我會記得麻煩藤哥。」

眾人準備猜拳決定時，電話響了，是藤座位的電話。當電話鈴一響，押尾便敏銳地反應，伸手抓起離她最近的那支電話。看她接聽的樣子，似乎是其他分店來問事情，她沒有叫藤來聽，繼續回應：「去年是這樣處理的。」然後她把話筒按在耳朵上回頭，對著眾人用空著的手指了指蛋糕，做出「拜拜」的動作。周圍的人點點頭，有人同情地說「真不巧」，藤搞笑說：「讚，少一個人跟我搶。」

二谷不經意地看向時鐘，下午三點二十分。接下來，預定的洽談是四十分鐘後，現在準備顯然太早了，但看到除了押尾以外，沒有人回去座位，吵吵鬧鬧，他有種中午吃的超商便當麵衣太厚的炸雞在胃裡逐漸回歸原形的感覺。

二谷用自以為自然的假惺惺態度，語帶嘆息地喃喃道：「啊！我都忘了，等下要見客戶，我得去準備。蛋糕大家吃吧！」他退後一步，又補了句：「真是太可惡，好想吃喔！」

突然和藤四目相接，還以為藤會跟剛才一樣說「幸運」，沒想到他以莫名斬截的口氣說：「二谷不行，你得吃。」害他錯愕地「咦」了一聲。二谷連忙閉口，再次張嘴，有點笑笑地反問：「為什麼？」

「為什麼？這還用說嗎？喏？」藤別有深意地說，以PT為中心，旁邊有幾人詭笑著轉頭互看。

什麼跟什麼？他們都知道嗎？二谷甚至感覺到仍在與其他分店講電話的押尾的視線，背脊一陣發冷。這些對話蘆川應該也聽到了，蘆川卻完全不看他，在調整蛋糕上的草莓角度。**妳也跟他們一國喔？**二谷內心苦澀，但還是忍不住惺惺作態地裝傻說：「呃，是怎樣啦！」讓他想勒死自己。這種時候真的教人想死。**去死！喏，你已經死了，活該！**想要不顧對象地亂罵一通，把自己搞得一團爛地說：**沒錯，我爛成一團了。**

結果只有八片的蛋糕的其中一片，變成二谷要吃。在眾人賊笑監看的目光中，他不好說等一下再吃，也不想之後再一個人拿出來吃，引人注目，只得當場吃掉。

「超好吃的，比店裡賣的還好吃。」

老奸巨滑地搶到蛋糕的藤，邊吃邊大聲說。其他贏得蛋糕的人，也各自加上驚嘆號感嘆：「嗯——！」「超讚！」「有夠厲害！」這是一種禮節。

吃別人親手做的糕點時的禮節，那就是邊吃邊大聲稱讚，並展現感動的演技。第一口先說「好吃」，吃到一半的時候詢問根本不感興趣的細節，像是「咦，這醬是怎麼做的？」全部吃完的時候，則必須格外滿足地宣告：「啊——，太好吃了！謝謝招待。」

為什麼只是吃片蛋糕，必須耗費這麼多勞力？為什麼沒有人提出這種疑問？二谷這麼想著，拿起了叉子，還是開口說：「看起來好好吃，我開動了。」吃了一口，又刻意驚嘆道：「天哪，太好吃了！」接著默默地吃完。

鮮奶油充斥了整個口中，甚至滲入牙齒後方、臼齒上面被牙齦包圍的空間裡，咀嚼蜜柑和奇異果，果汁流淌而出。為了盡量縮小汁液橫流的範圍，二谷稍微抬高下巴歪著頭。每咬一下，就製造出濕答答的沒品聲響。鮮奶油裹滿舌頭，果汁再澆淋上去，海綿蛋糕體粗糙地觸碰口腔各處，又軟又濕，最後被鮮奶油和果汁浸泡成一片軟爛。咀嚼磨碎，吞下去的時候，一股更濃重的甜味從咽喉經過腦袋後方，衝上鼻腔。

二谷動著叉子，把速度控制在不會快得不自然的程度，表現得有在品嚐，但又像是太好吃了不小心一口氣吃光的樣子。好吃的話，就必須擺出笑臉。

吃東西的時候嘴巴動來動去，無法用嘴唇表現笑意，因此他想用眼睛或臉頰來笑，只是臉頰也一直在動，笑容很不穩定。那只要用眼神笑就行了。可是這味道，黏膩的甜味粗暴地竄出鼻腔，甚至刺激眼睛。在丹田使勁，用力使勁，瞬間呼吸停止，氣味也憋住了，但一放鬆下來，甜味就變得比先前嗆上好幾倍。

只差一口就吃完的時候，二谷感覺有人在看，望向斜前方，發現押尾正在看他。她的臉上沒有表情，和二谷對上眼時，開口說道：「好像很好吃。」二谷回道：「真的很好吃。」趁著張口的勁頭，解決掉最後一口。

二谷把藤吃完的盤子一起拿去茶水間，用沾了洗碗精的海綿洗乾淨。確定沒人在看，順便漱了口，用手背抹了抹嘴巴。想到每個人都說好吃，卻沒有半個人提到抹面，或是鮮奶油抹得很漂亮。胃液不由得分泌出來，感覺好受了一些。

都已經十月了，卻連日酷暑，光是從車站走回家的那段路就可以讓襯衣濕透，教人吃不消地埋怨夏天到底什麼時候才要走，但連下了兩天雨之後，氣溫便一口氣驟降了。

這時因為接到大訂單，公司一下子兵荒馬亂起來。藤滿臉厭煩地說：這下直到年底都有得忙了。二谷看看預估時程說：到年底都忙不完吧？結果藤憤憤地說：過完年到春天前的事他才不要去想。

接下來都忙到無法準時下班，二谷會在下班時間過了一陣子之後，去茶水間吃中午預先在超商買的飯糰或麵包，短暫休息一下。沒辦法，不吃肚子會餓到咕咕叫，接著得一路工作到晚上十點或十一點。押尾把在家做好的水煮蛋放進公司冰箱裡，肚子餓就吃水煮蛋配即溶杯湯。也有人去附近的牛丼店吃飯再回來。

明明忙成這樣，人卻還是非吃不可，二谷覺得很煩躁。也有人像藤那樣先吃零嘴墊肚子，忍到回家吃家裡煮的晚餐。不過二谷無法想像，這讓他覺得好像看到了什麼貪婪的人，不由得質疑：**甚至不惜這麼做，也非吃到像樣的一餐不可嗎？**

蘆川都在晚上六點到七點間下班，多半是六點十五分左右。她如果連續兩三天都七點以後才回家，隔天就會身體不舒服，無法上班。大家覺得與其讓她請假一整天，倒不如讓她早點回去，因此六點一過，就會提醒她「妳差不多該下班了吧？」蘆川會虛弱地微笑，報告一下當天的身體狀況，「今天頭也有點痛。」然後下班回去。

蘆川離開的門一關上，押尾便大嘆一口氣，藤則左右擺手像趕蒼蠅似地開口。

「擔待一下啦！妳也聽說了吧？其他分店有主管罵部下，說只是長針眼而已，不許請假，結果主管被調走了。」

說完，自己也大嘆一口氣，聲音比押尾還要大。

「今天是這個。」

蘆川笑著遞過來的，是黃色的桃子塔，用水藍色的和紙墊著。二谷反射性第一個想法是：**平日晚上居然有時間做這個？**

「真的嗎？看起來好好吃。」

二谷對蘆川露出融化的表情。「太厲害了。」他用興奮的語氣補了一句。「謝謝妳每次都送這麼好吃的東西。那我不客氣了。」

蘆川笑著謙虛說：「哪裡，我才要謝謝大家。」她左右搖頭，髮絲隨著輕柔搖晃。蘆川接著去發桃子塔給下一個人。二谷用旁邊的人也聽得到的音量說：「當做今天下班的獎勵吧！」把桃子塔連同和紙用保鮮膜包起來，貼上寫了〔二谷〕的便利貼，放進冰箱裡。

蘆川準時下班，藤和押尾也在九點過後回去了，二谷說自己還要再一下。在只剩下二谷一個人的辦公室，他從冰箱裡取出桃子塔。

用指尖撕下黏在黃色桃子上的保鮮膜，酸甜交雜的氣味散發出來。褐色的塔體是硬的，桃子底下似乎鋪滿了卡士達醬。分到桃子塔的人說：「她說連塔體都是自己烤的，真的好厲害！」

揉好麵皮放進模裡烤，完成塔體，再抹上卡士達醬，最後放上瀝乾的罐頭桃子，放進冰箱冷藏，然後小心翼翼地拎到公司來，等到大家疲累的時候拿出來，笑咪咪地分送給同事。他覺得這實在太費勁了，思考為什麼要做這種事？但也明白自己根本只想做出「這麼做很愚蠢」的結論，所以感到十分空虛。

一個人獨處，空調的聲音便顯得刺耳，照明只剩下二谷座位頭頂的燈，辦公室有三分之一是暗的，專注在電腦螢幕時不在意的暗度與寂靜籠罩了全身。

二谷把桃子塔放在自己和電腦之間，雙臂摟著它似地敲打鍵盤，整理今天會議的議事錄。打完最後一行，右手移動滑鼠捲動畫面，由上到下大略瀏覽一遍。瑣碎的錯漏字明天再看，把檔案存檔後關閉。

放開滑鼠的右手，就這樣筆直滑到桃子塔上方，放下來。

維持抓滑鼠的形狀落下的手掌，感受到冰涼有黏性的彈力，掌心使勁地筆直下壓，手指反折向上伸展。塔體的輪廓在手中瞬間崩壞，感覺到破裂的碎片穿出卡士達醬，很快地黃色的醬越過了桃子，從指間滿溢而出。碰到卡士達醬的皮膚又濕又涼，他抬起右手，用左手抽取多張面紙，擦拭沾到卡士達醬的右手。把髒掉的面紙蓋在碎爛的桃子塔上，一起裝進塑膠袋裡。電腦關機，離開座位。

經過走廊，抓著塑膠袋的手使勁地捏碎，擠出空氣讓袋子變扁，再揉成一團扔進垃圾桶。清潔人員好像已經來過了，高及腰部的大垃圾桶是空的。

垃圾觸底的聲音，在陰暗的走廊迴響著。

把辦公室鑰匙交回警衛室，走出戶外，風很冷。二谷朝住處大樓走去，發現肚子餓了，覺得麻煩到不行。**如果不餓，就不用吃東西，但因為餓了，非吃點什麼不可，回程路上各有一家超商和超市。**邊走邊想要去哪一邊，讓他鬱悶不已。

時近午夜，我和二谷一起離開辦公室，走進開到凌晨三點的連鎖居酒屋，點了南蠻炸雞塊、涼拌番茄、白飯和味噌湯，吃了三十分鐘就離開了。

二谷喝了一杯啤酒，我點了烏龍茶。可能因為太累了，這陣子只喝一杯啤酒就渾身倦怠。腦袋還沒醉，身體就先醉了。一想到明天一早還要上班，實在喝不下去。

「很普通的一頓晚飯呢！」二谷看著喝烏龍茶的我這麼說。他的臉色也很疲倦，整張臉像是罩了一層灰色濾鏡。「才星期三啊！」他用一種身體不適的人的聲音，嘆息道。

離開居酒屋往車站的路上，一隻貓在前方兩公尺處橫越而過。那隻白色大貓看也不看我們，一下就不見了。我和二谷都盯著那隻貓看，卻也沒有特別提起，也沒停步，繼續走著。我忽然想起一件往事，便陳述了起來。

「你還沒來我們分店以前，有一次我跟蘆川一起從客戶那裡回來，聽到貓叫聲。聲音滿激動的，喵喵叫個不停，我擔心起來，循著聲音過去查看。離車站有點遠的安靜住宅區有條小河流過，從欄杆往下看，有隻貓掉進緊臨水面的河邊洞穴裡。也不是洞，但我也不曉得那是做什麼用的空間，四面有牆，是大概可以放進一座大冰箱的四方形空間，頂端稍微露出地面。貓就掉進那裡面，四邊都被混凝土牆圍住。我覺得既然是貓，這樣的高度應該爬得出來，可是牆壁是垂直的，空間十分狹小，叫聲又很異常，所以我推測應該是困在裡面了。蘆川說：天哪！怎麼辦？於是我們兩個一起下去河邊。」

當時天氣已逐漸轉涼。我們去見的客戶，是一家販售無農藥蔬菜的小公司，計畫把蔬菜的簡易包裝從塑膠換成紙，順便換一款新設計。上了年紀的男老闆對蘆川和我並不苛刻，但會用一種責怪的口吻說：「居然讓這麼可愛的女生出來跑業務。」蘆川負責不停地呵呵傻笑，我來說明設計，卻被老闆打斷，從頭到尾都在聽他講當年勇。我猜想，派我們過來的藤，應該早就料到會變成這樣。好不容易和對方約好下次到公司來進行具體的設計討論，蘆川開心地說太好了，但我覺得是無功而返，感到煩悶，心情暴躁。

「然後呢？」二谷催促道。

「附近有階梯，我們從那裡下去河邊，走近貓掉下去的洞，露出地面的混凝土牆大概比膝蓋高一點，蹲下來探頭看，貓在大概兩公尺底下的地方。一看到我們，貓叫得更慘了。蘆川也在旁邊看，說怎麼辦怎麼辦。也不能怎麼辦啊，只能救了，要不然貓會死掉。在近處一看，混凝土牆全是泥土和青苔，滿髒的，也沒有可踩的地方，不可能爬下去，我便彎下上半身，把手伸進洞裡。雖然完全搆不到貓，但指頭可以碰到洞穴大概一半的高度，我以為貓會順著我的手爬上來，沒想到突然看到人類靠近，貓嚇死了，遠離了我的手，只是叫得更慘而已。我暫時維持這個姿勢，等貓想通，但還是不行，而且已彎到腦充血了，只好先爬起來，坐在河邊。蘆川說：『妳好厲害，我不敢穿裙子那樣做。』那天我穿套裝，底下是窄裙，上半身往下彎的姿勢，嗯，實在很不雅觀。可是當時除了我以外就只有蘆川，而且最重要的不是貓嗎？我就說：『不是啊，如果不想辦法，貓會死掉吔！』蘆川竟然提議：『那去叫人來幫忙怎麼樣？』我反問：『叫誰？』她就說去路上找男人來救。該怎麼說，我呆掉了，傻掉了。說要找人來救的蘆川，她的眼神好真誠，或許因為是白天，又在戶外，她的眼睛看起來閃閃發亮，讓我覺得：咦？所以我是錯了嗎？但是……但是喔，就算找個男人來，就能把貓救出來嗎？我伸手下去，如果貓有那個意思，就可以跳上我的手爬出來，只是貓已經嚇到恐慌了，在這種情況下，就算叫個男人來，又有什麼用？現在想想，應該連絡警察還是什麼單位，找可以提供梯子或網子那類工具的人就好了呢！那個時候真的沒想到那麼多，覺得必須靠自己設法，因此我說不要。我說要是叫個男人來幫忙，我穿的是裙子，那樣就不能伸手救貓了。真的很莫名其妙，對吧？」

我乾笑著，二谷也配合地笑。二谷沒看我，而是望向另一邊的居酒屋，似乎正邊走邊看招牌的字。我以為他對這話題沒興趣，豈料他又催促：「然後呢？」

「然後就下起雨來了。本來天氣預報就說會下雨，還說晚上應該會變成大雨，我們之前希望能在下雨前趕回公司。那個洞我不知道是什麼結構，但想到萬一底下沒有排水功能，下雨積水的話，貓一定會淹死，我就焦急起來，再次把上半身彎進洞裡伸出手。我整個人壓在洞的邊緣，套裝前面都弄髒了，但不是在意這些的時候。然而，貓還是一樣死命地避開我的手。這時我靈機一動，把皮包裡的東西全部倒出來放在河邊，清空之後，抓著皮包伸進洞裡。那是可以裝進A4資料的大包包，我將它伸到極限，幾乎快可以碰到貓了。我是覺得比起人的手，貓應該比較不怕東西。蘆川一直問怎麼樣了？可以嗎？我沒有理會她，因為怕一出聲會嚇到貓。我就默默地、耐性十足地等著，就這樣過了五分鐘還十分鐘，大概有這麼久，貓突然猛地回頭，跳到皮包上，就這樣噠噠噠爬上我的手臂肩膀和背上，從洞裡跳出去了，那觸感好輕巧。我從洞裡直起身的時候，貓已經不見蹤影了。蘆川指著上面的馬路，說跑去那裡了。她撐著雨傘，是一把折疊傘，白底紫花圖案的雨傘。不曉得為什麼，那隻貓是什麼顏色我已回想不起來了，但那把傘的圖案卻記得一清二楚。儘管不到傾盆大雨，雨滴滴答答地下，我因為身體往前傾，從背後到腰部都淋濕了。我覺得這個洞不蓋起來很危險，想說等下要通知市公所處理，便用手機地圖程式查了一下地點並記起來，然後回去公司。回程的路上，蘆川一直稱讚我：『好厲害喔！我太崇拜妳了。』還說：『真不愧是啦啦隊的，我就絕對做不到，我也想變得跟妳一樣強。』啊！不好意思突然講這些，看到剛才的貓，忽然想起這件事。雖說不記得了，不過掉進洞裡的那隻貓好像也是白的嗎？呃，跟顏色無關呢！不好意思，拉拉雜雜講了一堆。怎麼說，我們好像老是在聊蘆川呢！明明她又不在場，卻老是在講她的事。」

臉對著我的反方向聆聽的二谷說：「人就愛聊彼此都認識的人。」**對貓的事沒有評論哦**？我如此思忖。沒想到來到車站附近時，他一臉肅穆地說：「強還是弱，跟能不能救貓是兩回事。如果是我被這樣說，可能沒辦法接受。」聽到這話，我如釋重負，卻又覺得這樣說有點過度簡化了。我沒有把這想法告訴二谷，只是默默點頭。

忽然間，我心想：**或許我也不是不能接受**。我一直以為自己是因為無法接受，才討厭蘆川的，可是如果我真的討厭蘆川，不管她做什麼，我應該都不在乎，也不會感到無法接受。她很弱，也因為太弱了，所以我才會討厭她。

我在站前和二谷揮手道別。「路上小心。」他說。只剩下二谷一個人的歸途。**他現在應該上了電車。剛才我聽到手機震動聲。應該是蘆川傳簡訊還是打電話給他。二谷看到記錄，一定正在回覆吧？**我想著這些。

因為我都比大家早回去……。蘆川這麼說，帶來親手做的糕點的頻率增加了。

二谷星期六也來加班，所以他們只有星期天能見面。**或許蘆川很閒吧？**二谷這麼想，但轉念一轉：**只是不能跟我見面就閒得沒事做，這也說不過去**。因為就算兩個人在一起，也只是在他的租屋處看電影或看劇，沒內容地閒聊而已。如果她的興趣是烘焙，花在這上面的時間更長，當然比較好。

——餅乾、檸檬風味的瑪德蓮、松露巧克力、蘋果馬芬、加了優格的起司蛋糕、樹莓杯子果凍、甜甜圈。

蘆川陸續製作甜點帶來公司，餅乾和蛋糕變換口味做過好幾次，也有像松露巧克力和甜甜圈這類只登場過一次的點心。原田等人稱讚說，那些糕點那麼難，居然一次就成功。蘆川聽了開心地笑。二谷知道，蘆川只會把練習過好幾次成功的糕點帶過來。

即將午休前，或是下午三點過後，蘆川都會在這兩個時段之一分發糕點。餅乾或果凍這些一下就可以吃掉的都在上午發，瑪德蓮或甜甜圈這類比較沒那麼好消化的，就當成下午茶點心拿出來。午茶點心很受不斷加班的同事歡迎。光是肚子不餓，工作就能進展順利。

藤提議道：「至少讓大家出一點材料費吧！」每個月兩次，員工一千圓，PT三百圓，收齊之後交給蘆川。蘆川推辭說：「我不能收這麼多錢。」原田安撫道：「這也包括之前妳請我們的，收下吧！」

於是她帶著靦腆的笑，收下公司信封袋裡的錢，自我鼓勵地握拳說：

「謝謝大家，我會做更多更好吃的糕點來！」

——草莓鮮奶油蛋糕、烤香蕉、巧克力和棉花糖馬芬、南瓜派、甜洋芋、蕨餅、布丁。

二谷討厭必須當場吃掉的糕點，他卻只能跟大家一起吃。比方說，香草口味的餅乾，蘆川說沒時間個別包裝，裝在一個大盒子裡，大家站在前面排隊，每人領取幾片。眾人在掌心鋪上面紙，由戴上塑膠手套的蘆川拿起餅乾放在上面。

「愛心廚房」幾個字浮現腦海。明明天壤之別，二谷卻想起了這個字眼。除了排隊領食物以外，沒一個地方一樣，這又不是為了生存而吃的食物，我討厭不是為了生存的食物。二谷這麼想，自己卻每天晚上喝啤酒配小菜。

個別包裝，一人一個的瑪德蓮或甜甜圈、放在碟子上的蛋糕就很好，可以說晚點再吃。只要說我要留著當加班獎勵，就會有人贊同地附和道：「我懂——。」只是這麼說的人已經當場把東西吃掉了，二谷不解到底是在懂什麼？

下班時間到了，PT離開，蘆川回家，同事一個、兩個減少，很快地藤和押尾也走了。再也無人監視的時候，二谷便拿起留待加班享受的蘆川的甜點丟掉。有時會用手捏碎，有時丟進塑膠袋扔到辦公桌底下，用皮鞋踩爛。

「方便借點時間嗎？」

二谷抬頭，看見押尾正輕輕向他招手。去到走廊上，覺得異常地安靜，張望一看，隔壁部門的人好像都下班了，嵌著霧面玻璃的門內，只剩下緊急按鈕的紅燈朦朦發著光。走在前面的押尾，頭髮沿著肩胛骨的線條跳躍著。

押尾來到無人的電梯間，停下腳步回頭。那是發生問題時的表情，雙唇緊抿，眉毛糾結，瞳孔的視線固定。然而，只有臉頰有些鬆弛，彷彿疏於防備。

「原田問我，是不是我丟掉蘆川做的點心？」

二谷腦中浮現眼神和嘴巴都很厲害的原田。原田不會擺出責備的嘴臉，而是表情為難地替對方著想，說一定是有什麼苦衷，卻總是一針見血，絕不輕縱。二谷盯著押尾，心想：ＰＴ們會準時下班，所以原**田應該是午休或其他時間，在茶水間或廁所獨處時對押尾說的吧？**

「我說不是。她說如果真的不是，妳應該會反問：『什麼丟掉點心？怎麼會有人做這麼過分的事？』而更加懷疑我。我有點生氣地說，我就坐在蘆川隔壁，她每次拿吃的給我，我都當場吃掉，妳去問她就知道了。原田暫時是接受了。可是我錯了！就像原田說的，我應該先質疑『真的有人把點心丟掉』這件事才對。這下就被她知道我早知道有這種事了。也不是怕被知道，嗯……」

把點心丟掉？這是在說什麼？二谷，你也沒問這個問題呢！押尾依舊只有表情嚴肅，語氣卻像在邀約出遊。

二谷倏忽在意起背後，回頭張望，但沒有半個人。辦公室的門也沒有開關的聲音，他覺得這裡應該就只有自己和押尾，卻還是忍不住一再擔心隔牆有耳。

「那不是蘆川給我的點心。我把丟在垃圾桶裡的點心撿起來，偷偷放在蘆川的辦公桌上。」

「什麼時候開始的？」

二谷久違地出聲，聲音很冷靜。業務發生問題了，向晚輩確認時序，還不知道責任在誰身上，就算大聲罵人也沒用，所以聲調平坦。

什麼時候開始的？

「上個月。有一次不是客戶要求，約好一早八點洽談嗎？每個人都埋怨太扯了，哪有人那麼早談生意的，早上七點半就來上班。那天我是第一個來，六點半就到了，先去警衛室借鑰匙，布置好會議區後，吃了上班前在超商買的麵包，垃圾不是丟到自己辦公桌的垃圾桶，而是拿去走廊的垃圾桶丟。因為我喝了蔬果汁，那是蔬果的纖維，瓶底會留下黏黏的東西，要是丟在辦公桌垃圾桶一整天會發臭，所以拿去走廊丟，結果看到那個大垃圾桶底下已經有垃圾了。走廊的垃圾不是清潔人員會來收嗎？晚上八點還有中午過後。我本來以為是昨天加班到很晚的人吃的宵夜什麼的，可是白色塑膠袋裡沾滿了奶油，我覺得眼熟，便從垃圾桶撿了起來。」

「那個垃圾桶滿大的吔，妳居然撈得到底！」

「就是說呢！我用左手抓住垃圾桶邊緣，右手，或者說整隻右手臂全部伸進垃圾桶裡面，連肩膀都進去了，才勉強搆到。」

押尾說著，把右手伸向地面示範。二谷不經意地想起她曾經像這樣伸手救貓的事，或許她很擅長撈東西。

「塑膠袋裡面裝著水果塔。上面有葡萄的，你有印象嗎？鮮奶油是白色的，卻有葡萄的味道。啊，如果你沒吃，應該不知道味道吧？不過，當時大家當場在討論，說鮮奶油有葡萄的味道。」

說「如果你沒吃」的時候，押尾的表情依然嚴肅。二谷漸漸陷入一種情緒，就好像這事與自己無關，真的完全是工作上的問題，而且不是自己、也不是押尾捅出來的婁子，是在聆聽第三者犯錯的報告。二谷默默地偏頭，含糊帶過，催促下文。

「塑膠袋沾滿鮮奶油，塔體還維持原狀，一口都沒吃，兩顆大葡萄也都還在上面。我把形狀完整的塔放回塑膠袋裡，盡量擠出裡面的空氣，縮小面積，紮起袋口放到蘆川桌上，拿了一張印錯用來當便條的影印紙蓋在上面。」

「然後蘆川怎麼反應？」

「她一到辦公室，好像馬上就發現了。不用打開塑膠袋，也知道裡面沾滿奶油，拿起來一摸就知道是昨天的水果塔。我在隔壁座位偷看她會怎麼反應，蘆川把它丟進自己辦公桌底下的垃圾桶，也沒有東張西望，就跟平常一樣。她附和藤無聊的閒話，打開電腦，從冰箱拿出茶飲。對我說：今天比平常更早來上班，好睏喔！」

押尾蹙著眉頭，細語說：不覺得很恐怖嗎？

「後來在垃圾桶裡又發現兩次裝在塑膠袋裡的點心，我又放到蘆川桌上，那是起司蛋糕和藍莓馬芬。起司蛋糕和馬芬都完整地裝在袋子裡，要不是丟在垃圾桶裡，感覺可以從袋子裡拿出來直接吃掉。那兩次因為很晚才發現，我先收進自己辦公桌的抽屜，隔天早上趁沒人的時候才放到蘆川桌上。」

應該問她為什麼這麼做嗎？押尾的口吻與其說是在告白自己的罪行，更像在做例行業務報告。看著她嚴肅的表情，二谷想起無關的事：**比起笑的時候，她這種苦澀的表情更迷人。**

「原田好像在蘆川上班前看到了。她瞧見蘆川的桌上有東西，好奇掀開蓋在上面的影印紙，發現顯然是垃圾，皺巴巴的袋子裡面裝著點心。雖然我是不知道她怎麼會覺得是我丟的啦，但我不喜歡蘆川的事被她發現了嗎？要是PT在八卦這件事就討厭了。」

押尾嘆了口氣。二谷等待下文，但她似乎已經說完了。二谷再次回頭，確定走廊無人，開口說：「不是我丟的。」

押尾皺眉回視二谷，她的眼神在說：怎麼可能不是你？二谷定定地回視她的眼睛。**她在根本之處和我很像，但就算根本之處相似，構成其他部分的要素也完全不同，也因此會往完全不同的方向發展呢！**他忖度著這些。

「我丟掉的時候，會把裡面的東西壓爛，如果形狀是完整的，那就不是我丟。也不是妳丟的話，表示還有其他人受夠了這些東西。」

押尾瞪圓了眼睛。

「我沒想到有這個可能性，還以為絕對就是你……可是仔細想想，這也沒什麼好奇怪的。」

那，我不放了。

押尾沒趣地丟下這麼一句話，唐突地改變話題。她談起了工作，確認目前必須執行的業務進度，兩人自然地朝部門方向走去。兩人說好今天做到哪裡就回去，確定終點，開門進辦公室。

那，努力在兩小時內解決。兩人彼此說道，回到各自座位。藤埋怨道：「唉，好想再一個小時就下班。」其他男同事應和道：「就是啊！」所有的人都不再作聲後，只剩下鍵盤喀噠敲打聲。

口袋裡手機震動，掏出來一看，是大學文學輔系講座LINE群組的訊息。二谷在聊天窗格只顯示一行的文字上看到自己的名字，想回家再讀，卻不小心點開，變成了已讀。

『二谷大學的時候推薦的書，我現在才終於讀了。』

訊息附上桌面擺著咖啡和書的照片。

『喂，你是讀了幾年啦（笑）！』

『不過，好像可以理解吔！有時候想看的書，要好幾年以後才會真的去讀。』

叮叮叮，對話持續著。

『真的很精彩。二谷，要是還有什麼推薦的書再介紹一下。是說，你還活著嗎？』

二谷關掉手機螢幕收回口袋，收到訊息的震動又持續了三、四回，才漸漸地靜默下去。

平日和週六都在工作，仍趕不上進度，這陣子連星期天都得加班。週末不會留到平日那麼晚，晚上七八點就會離開公司，和押尾或其他同事去喝酒。蘆川不會假日加班，但因為二谷很晚才回家，她週末也不去過夜了。

有一次，蘆川問可不可以在他家做甜點，但二谷住處的微波爐沒有烤箱功能，而且沒有量麵粉和砂糖的秤，也沒有量匙。雖然有一個大缽，卻沒有攪拌用的刮刀，也沒有那種許多銀色鐵絲紮成一束的棒子。所以應該不行啦！他拒絕道。

蘆川大可以說「只要發揮一下創意，有些甜點還是可以做」，不過聽到二谷話裡話外不是透出來而是炸出來的厭煩聲色，她只說了句：「真可惜。」二谷想像自己的住處充斥著路過蛋糕店時會聞到的那種又嗆又膩，彷彿有一隻手從鼻孔直捅胃底，從體內刨抓內臟刺激般的甜味。他覺得光是想像，就足以構成宣布「我不能跟妳在一起」的理由。

蘆川週末不來過夜，改成每個月有幾天過來煮晚餐。二谷比蘆川多工作四小時回到家，就有熱騰騰的飯菜在等他，蘆川會看著二谷吃完後再回家。這是和蘆川單獨相處的短暫時光。

蘆川會用手機看新聞網站，聊說某個演員跟偶像結婚了；用二谷的電腦打開購物網站，說這件裙子好可愛，卻又不買；她反覆說想去旅行節目看到的海邊，可是不想游泳，可是好想去，可是……這些片段不斷累積。**這個人為什麼要這麼常來我家，做飯給我吃？交往是這種感覺嗎？**二谷不明白。

明明胃很撐了，蘆川回去以後，二谷還是無法克制要煮開水泡杯麵吃的衝動。

下班回家順路去超商買東西，回到陰暗的住處。洗手後在鍋裡倒水，煮水期間換上居家服，然後在杯麵裡倒入滾水，飯糰微波十五秒。手機震動，是蘆川傳LINE來了。

『工作辛苦了。加班到這麼晚一定很累，可是不要嫌麻煩，要盡量吃健康的食物喔！像是味噌湯。』

二谷反射性地站起來，把剛倒好熱水、加了乾燥菠菜的杯麵在流理台倒掉，從冰箱上的杯麵山裡挑出﹁**當地限定　濃厚豚骨**﹂，再次倒入熱水。鍋裡剩下的熱水有點不太夠，但他懶得重煮，直接蓋上蓋子。肚腹一片冰冷。**只有不麻煩、不健康的東西才能溫暖我**。二谷盯著從杯麵蓋縫隙冒出來的蒸氣，如此思忖。

就算勸說好好吃飯就是珍惜自己、只吃杯麵或現成熟食是虐待自己，工作一整天還加班，衝進晚上十點即將打烊的超市採買，然後做飯吃飯，真的能說是珍惜自己嗎？**即使只是切個菜和肉，再用高湯煮一下就好，我就是不想吃那種東西，那種東西也滿足不了我。**而且要準備這些東西，需要白米麵條，至少也得洗鍋子湯碗飯碗杯子筷子菜刀砧板。煮飯吃飯洗碗，一眨眼一小時就不見了。回到家到睡覺，剩下的時間連兩小時都不到，其中一小時拿去耗在果腹，剩下一小時洗澡刷牙。

那我的時間、我活著的時間，豈不是只剩下少少的三十分鐘了嗎？即使這樣還是要吃飯嗎？為了身體、為了健康，那根本不是為

了生活而吃吧？好好吃飯、好好照顧身體，這種話對我來說是一種攻擊。到底要怎麼說，別人才會懂？

三分鐘過去，打開杯麵蓋子，倒進附屬的湯包。質地黏稠的油脂沒有完全化進湯裡，而是浮在表層，插進免洗筷，麵太硬了。二谷這才發現，這是要泡五分鐘而不是三分鐘的杯麵。所有的一切都讓他覺得麻煩，他強硬剝開麵體，連同攪在一塊的湯吞嚥下去。除了燙以外，沒有其他感覺。

你是不是胖了一點？從公司走去附近的居酒屋路上，押尾對二谷說。今天是開工日，說要辦春酒會，全體員工晚上六點收工，去公司附近的居酒屋集合。

加班還是一樣持續著，但從除夕到初三放假，二谷也回老家去了。他去安養院探望祖母，祖母一樣說著：「我想抱曾孫。」二谷抱著鼓勵的心情報告說：「曾孫是還沒有，不過我有女朋友了，或許很快就會結婚了。」祖母聽了開心地說：「我要長命百歲。」

從安養院回家的路上，在父親開的車子裡，妹妹問：「你女朋友是怎樣的人？」他牽制地說：「剛才那是說給阿嬤聽的，我沒打算那麼快結婚。」結果妹妹說：「那不重要啦！反正哥一定又是挑那種沒主見、笑咪咪個性好的女生，對吧？」「唔，是啊！」二谷點點頭。妹妹放心地說：「太好了，那種女生才適合當大嫂。」似乎很滿意的樣子。副駕的母親什麼也沒說，二谷知道她正豎直了耳朵。

他事先已經聽蘆川說初三親戚要聚會，無法見面，因此初二晚上他返回自己的住處後，便悠閒地度過。他只去了一趟超市，除了泡麵等速食以外，還買了一堆貼了打折標籤的賣剩年菜。除此之外，他完全沒有外出，明明沒有要看，卻讓電腦播著影片，看書打發時間。

「可能是過年吃太多了。」

二谷自己覺得不是，卻這麼回答押尾。那不是年底年初才長出來的肉，而是這半年來一點一滴的積累。理由不光是工作太忙，三更半夜才吃晚餐；要是這樣的話，他在之前的分店，還有去年和前年也有過類似的狀況。二谷腦中浮現蘆川的睡容，和浮著油脂的金黃色湯汁，還有白色塑膠容器。

「你要是胖了，少了清潔感，感覺會很不妙吔！」

在押尾拋來不客氣的笑容時，兩人抵達了居酒屋。他們被帶到有一張橫長矮桌的和室包廂，從主管開始，由最裡面的上座往外坐。

大概吃完居酒屋全餐的鴨肉鍋時，分店長不知不覺間移動到下座附近，兩邊坐著蘆川和另一名女員工，配合喝醉的分店長笑聲，一起發出歡快的嗲聲。蘆川的另一邊坐著藤，藤的臉都醉紅了，他的手肘撞到杯子，融化的冰塊水濺到西裝膝蓋，蘆川在幫他擦拭。「祭品」兩個字浮現在二谷腦海，但這也是司空見慣的景象了。

空出來的上座，由二谷和年輕男員工遞補。二谷前面擺著不曉得誰用過的筷子和吃到一半的雜炊粥盤子。二谷把它們推到旁邊，向店員點了生啤。你還要喝啤酒？坐正面的前輩驚訝地出聲，嗓門格外響亮。**是因為吃到一半就不停地灌日本酒，喝醉了吧？**前輩要喝水嗎？二谷正要招呼店員，這時傳來一聲尖叫。不是慘叫，而是嬌聲嬌氣的一聲「啊」，就像對蘆川帶來的甜點歡呼那樣明亮，卻也帶有莫名的陰沉。坐在靠裡面的二谷等人猛地轉頭看去，只見藤抱住了蘆川。不對，是蘆川抱住了藤。

哇！背後傳來低呼。用不著回頭，二谷也知道是押尾的聲音。後面那桌五個全是女生，押尾和PT們聊得正起勁，她再次用滲透出明確嫌惡的聲音說：媽呀，那是在搞什麼呀？

蘆川跪坐在榻榻米上，抱住腳放在桌底下凹坑的藤的上半身，不是緊緊摟抱，而是輕輕地圈著。雖然不知道這有什麼意義，但藤的頭剛好就在蘆川的胸部高度，不過沒有蹭在上面，而是被蘆川展開的雙臂輕輕撐住。藤的臉被蘆川的手臂遮住看不見，卻看得到蘆川正看著藤的頭頂。

藤哥一定很難過吧？二谷聽到她這麼說。如此溫柔的聲音是從哪裡發出來的？是一種「我寬恕你」的聲音，是只有人生路上從未被拒絕寬宥的人才發得出來的聲音。藤默默點著頭。這動作應該碰到蘆川的胸部了吧？二谷覺得很不舒服，剛吃下肚的鴨鍋在胃裡翻攪。

「好像是藤哥的老婆跑掉了喔！」

和押尾同桌的原田，用連二谷等人都聽得到的音量說明。

「聽說，夫妻倆年底為了要不要回去夫家大吵一架，老婆就這樣離家出走了。一直到初三都沒有連絡，藤哥去老婆娘家接人，老婆連見都不見呢！」

她們幾個女人家躲在那裡聊天，是什麼時候蒐集到這麼多情報的？二谷很驚訝。眾人七嘴八舌地點頭說：「原來這樣啊！」還有人說：「這麼說來，今天藤哥沒什麼精神。」二谷完全沒看出來，他覺得藤就跟平常一樣，而且私生活一有什麼事，就露骨地在職場失魂落魄，這未免太奇怪了吧！

「那他幹麼抱住蘆川？」

押尾出聲，表情就像赤腳踩到一隻大蟲。

「藤哥喝醉了，一直訴苦說：我好傷心好難過，安慰我。蘆川看不下去，才像那樣幫他秀秀吧？蘆川人很好嘛！」

PT們用一種「真辛苦呢」的口吻說，突然失去了興趣，回頭繼續聊她們的。坐在二谷前面的男員工也聊起別的話題，向二谷搭話。正當二谷就要轉回去聊天的前一秒，和押尾對上眼，原以為她會像平常在公司四目相接時那樣別開目光，沒想到押尾一直盯著他看，二谷只好主動轉移目光。

二谷和旁邊的人閒聊，不著痕跡地偷看下座，蘆川已經恢復原本的姿勢，正襟危坐，藤也若無其事地對著分店長說話。甜點的杏仁豆腐上桌了。二谷用湯匙舀了一口，但沒有送進嘴裡，他推開容器，就像要把它藏到鍋子後面。

事情發生在春酒會後的第三天。

午休一結束，從分店長到PT都在辦公室的情況下，藤向分店長出聲：「我可以說句話嗎？」原田就站在藤的後面，分店長抬頭。於是藤環顧辦公室，用眾人都聽得到的音量開口：「大家，方便借點時間嗎？」眾人都抬起頭來。藤壓抑感情的音調，讓人察覺似乎不是什麼好消息，沒有人出聲，靜待他發話。

「其實像這樣當著大家的面說，感覺很像在批鬥，我也很不樂意。不過，因為個別私下溝通過，還是沒有改善，或者說沒有停止，所以不好意思，我只好這麼公開了。」

藤環顧眾人如此說完，回頭看向分店長，小聲地歉疚道：「不好意思。」分店長表情很是訝異，但還是點點頭。看來藤沒有事先跟分店長報備此事。

「蘆川都會帶自己做的甜點來分送給大家，可是有人把拿到的甜點像垃圾一樣裝進袋子裡，丟在蘆川的桌上。」

辦公室一陣嘩然。咦？怎麼會？太過分了！眾人悄聲議論著。還有倒抽一口氣的聲音，二谷發現是自己喉間傳出的聲音，莫名冷靜地感受到情緒逐漸冰冷。他轉頭看押尾，押尾筆直地看著站在前面的藤。別開目光低下頭的，反而是她旁邊的蘆川，只見她盯著自己的手，在眾人的目光圍視中，纖細的肩膀往內縮緊，垂下一半的臉悄悄望向藤。藤看到蘆川的視線，強而有力地點了點頭，就像在說「放心，交給我吧」。

「其實，今天又發生了同樣的情形。昨天蘆川做給大家的栗子蛋糕，大家不是一起吃了嗎？然而，今天早上又被裝在袋子裡，皺巴巴的塑膠袋喔，放在蘆川桌上。」

「什麼意思？」分店長沉聲質問：「知道是誰幹的嗎？啊，不用說出來，晚點過去那邊。」他指著裡面有門的會議室。

「我就不在這裡指出是誰了，不過我都知道了。以前也跟那個人直接說過，不想吃的話，不吃就好了。如果不喜歡吃甜的，可以跟蘆川說，請她不用準備自己那一份，就只是這樣簡單的事而已。」

眾人默默點頭。

「而且還故意把甜點裝進塑膠袋裡擺在蘆川桌上，這不是太過分了嗎？蘆川為了大家，為了讓大家提起精神，好意準備點心，這真的太過分了，根本就是人身攻擊。我問過蘆川，她說從去年秋天就發生過好幾次了。她人太好了，說她一開始以為是有人把吃不完的甜點放進袋子裡還給她，可是東西是裝在像垃圾袋一般皺巴巴袋子裡吔！有一天，原田注意到蘆川的樣子怪怪的……」

藤看向站在旁邊的原田。

「問蘆川怎麼了，蘆川才告訴她發生了什麼事。原田很驚訝，覺得真是太過分了，所以跑來向我報告。這不可原諒！蘆川說，如果只是想要傷害她，可以用別的方法，還說這世界上還有那麼多人處在飢餓中，想吃都沒得吃，希望可以不要這樣浪費食物。對這樣一個心地善良的人，這真的是……唉，太扯了！」

眾人再度點頭，也有人小聲說：「真過分！」

藤從頭到尾都看著押尾的臉說話。

二谷和其他人的目光也朝押尾聚集過去，是一種低調偷看的動作。

押尾的側臉愈來愈蒼白，表情消失，眼睛不是對著藤，而是對著她旁邊的座位，現在整個身體都轉向藤、低著頭的蘆川的背影。還瞪？原田低語道。那聲低語比起責怪，更像是詫異。聲音很小，但她和藤站在一起，所以每個人都聽見了。押尾的臉頰抽動了一下，目光卻對著蘆川，一動不動。

分店長、藤和原田移動到其他房間談話，一會兒後，蘆川也被叫去了。談了幾十分鐘後，他們各自回去工作，沒多久押尾離開辦公室時，分店長默默跟了上去。

押尾離開辦公室之後，沒有人說話，卻也停下工作的手，別有深意地互使眼色。一名女PT慰問蘆川：「妳還好嗎？」蘆川虛弱地點了點頭。「真過分，實在是太過分了！」原田說。藤重重地哼了一聲，環抱起胳臂。

過了約三十分鐘，先是分店長，接著隔了幾分鐘，押尾回到座位了，兩人都沒說什麼。無人開口，空氣一片滯悶，只有打鍵盤的聲音作響。過了一會兒，突然傳出一道「嗚」的呻吟，二谷赫然抬頭，只見押尾雙手摀住嘴巴，全身緊繃顫抖。「妳還好嗎？」原田出聲站起來，二谷火速衝去茶水間拿塑膠袋過來，輕輕遞給押尾，免得刺激到她。押尾一臉蒼白、橫眉豎目地仰望二谷，微微點頭。二谷以為她會拿著塑膠袋離開辦公室，但她繼續坐在位置上，一動不動。

二谷猜想她是不是難受到沒辦法去洗手間，結果大概過了五分鐘，她突然站起來說：「我沒事了。」又對周圍的人說：「不好意思嚇到大家，我沒事了。」眾人含糊地點點頭，卻沒有人公開表示擔心。只見押尾把手上的塑膠袋揉成一團，說：「沒事，連吐都沒吐。」

大案子告終，雖然還有年度結算的忙碌，但總算不用那麼忙碌了。假日不必再加班，平日也可以在七點過後回家，蘆川又開始週末待在二谷的住處了。她帶甜點到公司的頻率變少，品項也是，平日夜晚好像沒辦法做太費工的東西，都是餅乾或磅蛋糕這類正統甜點。

「不用每週末都來，偶爾一個人在家悠閒做甜點怎麼樣？」二谷提議道。蘆川幸福滿滿地笑彎了眼睛。

「可是要是結了婚，就沒辦法成天顧著做甜點了。」

二谷不這麼認為，他不曉得該怎麼說，才能讓似乎真心這麼相信的蘆川理解。如果說結了婚，蘆川就不能只顧著做甜點，那麼跟她結婚的對象，一定也得犧牲某些事物吧？二谷沒說話而是揚起唇角，呼應似地，蘆川的唇角跟著再揚起了數公厘。

四月的人事異動公布了，二谷被調到千葉的其他分店。從現在住的公寓通勤，單程要兩小時半，縱使麻煩，也只能再搬家。

「二谷才待了一年而已吔！」

驚訝的只有女PT們，正職都預期到這樣的調動，已經開始傳授該分店的八卦，說那裡的某某人如何如何。

「畢竟沒有其他可以轉調的年輕人嘛！」

二谷這麼對PT們說明，結果原田尖著嗓子提出質疑。

「不曉得是誰害的齁？」

二月中旬，人事異動尚未公布前，分店長向全員報告押尾即將離職的消息。押尾已經在這間分店做了整整五年，原本預定由她調到其他分店。每個人都認定是她離職才害得原定計畫告吹，只得另覓人選，結果才會輪到二谷頭上。

原田發難之後，自甜點事件便開始仇視押尾的人都竊竊私語起來。但二谷認為如果要找罪魁禍首，那不是押尾，而是蘆川。

從年資和負責的業務內容來看，原本說起來該調動應該是蘆川，而不是押尾。不過，分店長和藤擋下了蘆川的調動命令，更正確地說，是壓了好幾年。從二谷調來以前就是這樣，往後一定也是如此，就好像他們認為蘆川是應該要留在這裡受到保護的人。這是二谷從蘆川那裡聽說的，她說要是能一直待在這裡，就不用搬出家裡，令人慶幸。

押尾輸了，蘆川贏了。這是一場偽裝成是非對錯的比賽，但其實是較勁誰強誰弱的戰爭。當然，弱的一方贏了，這天經地義。

押尾的離職日期是三月底，她打算要把剩下的有薪假都消化完，三月三日似乎是最後一天上班。在廁所遇到藤的時候，他埋怨道：「一般說要消化有薪假，頂多也只會用掉一半吧？哪有人用掉全部的啦！」二谷很驚訝，原來藤是這種觀念？自己離職的時候，絕對會想用掉全部的有薪假，雖然覺得自己八成會一路做到退休。

距離退休還有三十年，要是往後退休年齡延長到六十五歲或七十歲，就還有將近四十年。好長，很長，但也不是長到無法想像。吃了睡，睡了吃，這點時間一眨眼就過去了吧！

「你跟蘆川也得分隔兩地了呢！」

藤終於點出名字這麼說。二谷回應：「週末應該可以見面吧！」並理所當然地想：這樣啊！就算單程要花上兩小時半，我們還是會繼續見面。

「真可惜，我還想再跟你共事久一點的。」

藤拍拍二谷的肩膀，走出廁所。

押尾離職和二谷的人事異動一公布，兩人就相約去喝酒了。這是二谷和押尾單獨見面的最後機會。

押尾說她想吃火鍋，兩人去了小巷裡一家小巧的和風居酒屋。押尾點了鴨鍋，二谷問：「上次春酒會不是也吃鴨鍋嗎？妳喜歡鴨鍋？」押尾撇著嘴說：「春酒的鍋有夠難吃。也不是鍋難吃，是跟職場的人一起吃飯，什麼東西都會變難吃。我喜歡鴨肉，可是春酒那次經驗糟透了，想要重吃一次。」

「大家一起吃的東西多半都很難吃，這我好像懂。」

二谷回應著，想起高中時的記憶。

「高中社團活動結束後，有時候會十五、六個人一起去吃拉麵，我真的超討厭那樣的。能容納那麼多人的店，一定不是什麼生意好的地方，髒兮兮的，就只是便宜又大碗，每個人都邊吃邊說好吃。可是包括大家邊嚼東西邊大聲說話的行為，我都厭惡死了。那家店滿遠的，騎自行車單程要花上三十分鐘，一群人排成一排騎過大馬路，這我還比較喜歡。所以吃拉麵和騎車一起變成類似美好的青春回憶，保存在心裡了。」

「啊，我也是！社團結束後大家會一起去吃可麗餅。真的只有國高中生才會十幾個人集體行動呢！」

被押尾以「這沒什麼」地帶過，二谷忍不住詞窮了，他迫不得已點點頭，腦中想到的卻是「有點不一樣」。

你是男生，要多吃一點！腦中突然迸出這句話，那是個年長女人的聲音，像母親的聲音，也像祖母的聲音，也像是原田、以前的導師、認識的中年女人的聲音混合而成的聲響。二谷把大碗拉麵全部吃完，連湯都喝光了。其實他並不喜歡吃那麼撐，卻又不能說不想吃這麼多。這種時候，腦中總是會冒出這些話：你是男生，要多吃點，多吃點才會長大。

為了重拾正確的鴨鍋滋味，押尾說：「交給我。」主持煮火鍋大權，將煮得恰到好處的食材夾給二谷。

「嗯，很棒，好吃！」

押尾十分滿足，說鴨肉清爽的油脂滲進高麗菜裡，讚透了，吃菜吃得比肉還要多。接著又加點了白飯和生雞蛋，煮成雜炊粥，連湯都喝得一滴不剩，呼出一口溫熱的呼吸。

「跟你一起吃的飯特別好吃。」

押尾微笑說著。與其說是微笑之後順帶一提，更像是為了說這話而動唇，結果連帶牽動了眼角和臉頰，是這種感覺的微笑。

「你幾乎不會談論眼前的食物，我也就不用一直說這個好好吃、這個好軟喔！就算覺得好吃，也只要自己覺得就好了，這樣真的很好。我很不喜歡跟別人分享好吃這種感覺，不過也是我自己不喜歡而已，還是可以配合身邊的人。有人喜歡甜，有人不喜歡，也有人喜歡辣，有人不喜歡，每個人對吃的喜好都有微妙的不同。就算吃一樣的東西，對舌頭嚐到的味道解讀也絕對不一樣，卻要互說好好吃、好好吃，這真的超累人的。現在我終於明白了，跟你一起吃飯都不必這樣，真的很好。就好像自己一個人吃飯，可是又有人可以聊天，所以不能再跟你一起出來吃飯，真的會滿寂寞的。你要調去的分店在千葉對吧？太遠了。」

押尾噘起嘴唇，聊起新工作說：感覺我也會變忙。

「那是以前啦啦隊的朋友開的公司，派遣啦啦隊和活動規劃師。聽說我要在那裡的管理部門負責總務……不過，那是家小公司，大概什麼都要做，應該也得去現場。」

「妳也要做啦啦隊表演嗎？」

「怎麼可能？」押尾笑道。

店員端來熱茶，押尾用雙手捧著茶杯，溫暖掌心。已經停火的鍋子仍在微冒著蒸氣。在暖氣充足的店內，押尾卻露出一副身處極寒地區的表情。

「只不過，我覺得不管去到哪裡都一樣。雖然都一樣，卻想要對自己展現出改頭換面的樣子。以前在啦啦隊的時候，顧問老師有句話講到都快爛掉：『無法幫自己加油的人，也沒辦法幫別人加油』。我一直覺得這句話很莫名其妙。叫別人加油，鼓勵別人，不是超簡單的事嗎？鼓勵自己絕對更要難多了。我到現在還是這麼覺得，卻要進去啦啦隊派遣公司，真的很奇妙啊！可是我覺得工作也是要趕快定下來，我才能鼓勵我自己。」

二谷懂，卻說不出口。他覺得如果說懂，對方會認為他根本不懂，因此只能默默啜茶。

即將離開的時候，他問：「所以妳才把甜點擺在蘆川桌上嗎？」押尾仍是一副身處嚴寒地區的表情。

「我覺得我們漸漸失去了互助的能力。以前大概有的能力，現在卻逐漸放棄了，因為這樣比較容易活下去……做為一種成長。比起跟別人一起吃飯，覺得一個人吃飯更香，也是其中之一。為了堅強地活下去，覺得大家一起吃飯比較香的能力，是不必要的。」

二谷感到胸口一陣衝擊，說出原本不打算要說的話。

「妳被公開批鬥那一天，其實是我把裝進垃圾袋的甜點，放在蘆川桌上的。」

話一出口，二谷就後悔不該說，卻情不自禁地說下去。

「蘆川應該也發現了。去年秋天放在桌上的甜點是完整的，但這次卻被捏得稀巴爛。她應該知道絕對是不同人幹的。」

押尾手掩著嘴巴，尋思了半晌後，緩緩地搖了搖頭。

「算了，沒差，因為是我提議要一起惡整蘆川的。」

一走出店外，被火鍋溫暖的身體便一口氣從表面變得冰冷。二谷忍不住拱起肩膀，攏緊大衣衣領，但待在店內時一副雪國人表情的押尾反而一臉滿不在乎，快步朝車站走去。

為了二谷調職和押尾離職一起辦的歡送會，訂在押尾最後一天上班的三月三日。

家裡有小孩的PT說，那天要幫女兒辦女兒節活動，不克參加，各別送了一盒包裝精緻的點心給二谷和押尾。盒子很小，一手就可以拿住，說裡面是餅乾，盒上有東京知名的洋菓子店名。「或許沒有蘆川做的餅乾好吃啦！」那名PT說完，驚覺失言地看向押尾，連忙打住對話，回去自己的座位了。從她這種反應來看，應該不是有心諷刺。若要說的話，應該是在討好似乎在跟蘆川交往的二谷。押尾沒有嘆氣，而是輕笑。

二谷等到傍晚有點餓的時候打開盒子，餅乾只有四片，巧克力和香草口味各兩片，兩三下就吃完了，塑膠包裝裡只剩下乾燥劑。**四片餅乾大小和形狀都一樣，是烘焙師戴著帽子、口罩和圍裙，在中央廚房烤出來的吧！**想像這種情景，二谷鬆了一口氣，這是出自不知道食用者是誰的專業人士手中的、正確的食物。

二谷去拿影印的時候，順路繞到PT的座位說：「餅乾很好吃。」PT回說：「那太好了。」表情卻很驚訝。「我還以為你都會把甜食留到晚上才吃。喏，蘆川的甜點，你都留下來當加班獎勵。」

「這麼說來也是呢！」二谷矇混地回笑。他慢慢地轉開目光走向影印機，讓對話無疾而終。坐在PT對面的蘆川在看他。口中還留著餅乾的味道。

二谷正準備把工作收尾，前往吃飯的地點時，押尾走到分店長的座位前，一鼓作氣流暢地說：「不好意思，我現在頭很痛。感謝大家的好意，不過我就不參加歡送會了。謝謝大家一直以來的照顧，在這裡學到的事，我會當做往後成長的材料，繼續努力。今後或許還有緣相見，到時再請多多指教。」然後深深低頭行了個禮。

分店長顯得遺憾，又有點被嚇到，支支吾吾地說：「既然身體不舒服，那也沒辦法。」接著環顧整個部門，催促著押尾說：「那至少向辦公室裡的人道別吧！」正職幾乎都在，只有蘆川和PT一起準時下班，先去餐廳了。

押尾環顧辦公室，大聲地說：「謝謝大家這幾年的照顧。」她看起來神清氣爽。「難得大家今天幫我準備了歡送會，實在是對不起，我身體不太舒服。」她這麼說，接著又說：「我其實有些不太想去，剛好因頭痛引起身體不適，反而讓我覺得很幸運。我想只有二谷一個人的歡送會，大家應該也會聊得比較起勁。」

二谷聞言嚇了一跳，抽氣聲此起彼落。

「這不是挖苦還是諷刺，是我的肺腑之言。反正我今天就要離職了，再說些違心之論也很奇怪吧？但又不能在最後撂狠話跑掉。我只是想，那就別再假惺惺客套了，單純這樣而已。頭痛也是真的。我一直都有偏頭痛，三不五時就會發作，平常都是忍耐著工作，跟大家一起去吃吃喝喝。想說自己都要離職了，就不用再勉強自己。大家的照顧，我真的很感謝，這個公司讓我獲益良多。再次謝謝大家。」

掌聲零碎響起，還沒熱烈起來就消風了。有種眾人彼此窺望，不曉得到底該怎麼反應才好的氣氛。

就在這當中，押尾已經收拾穿戴好，皮包搭上肩膀，大衣掛在手上，走向擔任歡送會幹部的男員工那裡，把一只信封硬塞給他，說：「這是今天我的份的餐廳取消費。」幹事說不用，堅持不收，但押尾不理會，再度向眾人行禮，說道：「那麼，謝謝大家照顧了。」便轉身離開了公司。

歡送會的地點是一家新開的義大利餐廳，前菜有生火腿和鹹派，主餐有蘑菇大蒜蝦、炸小魚、番茄奶油燉飯等等。有人勸二谷喝紅酒，他還是一直喝啤酒。綠色玻璃瓶身的啤酒據說來自義大利，他根本喝不出與日本啤酒有什麼不同。

他們等於包下了一半的餐廳，二谷被指定坐在正中央，眾人一個接著一個來到他旁邊寒暄道別，這讓他從頭到尾都很疲累，只想快點回家吃泡麵。

吃完燉飯的時候，蘆川端著一個大奶油蛋糕登場了，上面插的不是蠟燭，而是迸射出星星火花的小煙火。噢噢！二谷以外的人爆出歡呼。原田指著二谷前面邊指揮邊說：「那邊收一下。」坐在周圍的人迅速挪開桌上的盤子，讓出空間。蘆川輕輕地把蛋糕放在那裡。牌子上寫著：〔**二谷、押尾，感謝你們！**〕

「聽說連牌子都是蘆川親手做的喔！」

原田感動地喊著，昭告眾人。蘆川靦腆地笑了。煙火亮得刺眼。好厲害！二谷喃喃道。好厲害！怎麼能做到這種地步？

有人體貼地讓出二谷旁邊的座位，讓蘆川坐下，請店員幫忙拍合照。照片正中央是蛋糕，搞得好像蛋糕才是主角。每個人都拿起自己的手機，也拍了蛋糕單獨的照片。

蛋糕以緞帶造型的白色鮮奶油裝飾，側邊的抹面光滑無瑕，上面放著一塊淡綠色的牌子，周圍灑了花瓣。五彩繽紛的花瓣……二谷想起之前蘆川說過「有一種可以吃的花」，還有那時候他聽了心想：連花都要吃？

為什麼每個人都要吃？為什麼人要追求美食？想要吃更多、什麼都想吃，這讓他疲倦。為什麼要用蛋糕慶祝？用一大團砂糖把嘴巴裡面搞得黏糊糊的，這難道不奇怪嗎，大家？為什麼每個人都非吃這種東西不可呢？

蘆川拔掉熄滅的煙火棒，切分蛋糕，放到餐廳準備的碟子上，蛋糕一盤盤分下去。蘆川說：「二谷要吃最大塊的。」把放著祝福牌的那一塊遞給了二谷，二谷也注意到牌子角落印著疑似蘆川的小指紋。

二谷說著：「超好吃的。」將蛋糕塞進嘴裡。

太厲害了，連這都做得出來，裡面有水果吔！咦，天哪，太厲害了！太厲害了，太好吃了，好甜喔！能做出這種蛋糕，簡直是天才！滿滿的都是鮮奶油，太棒了！媽啊，太讚了，讚爆了，沒吃過這麼讚的蛋糕！真的，甘拜下風！

海綿蛋糕塞了滿口，連牙齒表裡和牙齦間都填滿了奶油。他說好厲害，蘆川就笑，用一種耀眼逼人的表情笑著，看起來十分開心。

妳真的開心嗎？二谷含了滿口的蛋糕問道。蘆川滿臉微笑地反問：

「咦？」我們會結婚嗎？二谷喃喃道。蘆川好像依稀只聽出了「結婚」兩個字，睜大了眼睛，眼皮上的銀色眼影燦爛反光，飽滿的淚袋顫動起來。

「我會每天煮好吃的飯給你。」

她以鮮奶油裝飾的甜蜜聲音細語道，堅定不移地注視著二谷。

那張幸福的臉，可愛得毫不留情。

（全書完）

願能嚐到美味料理

作　　者　高瀨隼子 Junko Takase
譯　　者　王華懋

責任編輯　許世璇 Kylie Hsu
責任行銷　朱韻淑 Vina Ju
封面裝幀　許晉維 Jin We Hsu
版面構成　譚思敏 Emma Tan

發 行 人　林隆奮 Frank Lin
社　　長　蘇國林 Green Su

總 編 輯　葉怡慧 Carol Yeh
日文主編　許世璇 Kylie Hsu
行銷經理　朱韻淑 Vina Ju
業務處長　吳宗庭 Tim Wu
業務主任　鍾依娟 Irina Chung
　　　　　林裴瑤 Sandy Lin
業務秘書　陳曉琪 Angel Chen
　　　　　莊皓雯 Gia Chuang

發行公司　悅知文化　精誠資訊股份有限公司
地　　址　105 台北市松山區復興北路99號12樓
專　　線　(02) 2719-8811
傳　　真　(02) 2719-7980
網　　址　http：//www.delightpress.com.tw
客服信箱　cs@delightpress.com.tw
ISBN　978-626-7721-25-4
建議售價　新台幣360元
首版一刷　2023年7月
首版三刷　2025年9月

國家圖書館出版品預行編目資料

願能嚐到美味料理／高瀨隼子著；王華懋譯. -- 初版. -- 臺北市：悅知文化精誠資訊股份有限公司,2025.09
面；　×　公分
ISBN 978-626-7721-25-4（平裝）

861.57　　114008514

建議分類—文學小說，翻譯文學

※原書插畫：小林千秋
※原書裝幀設計：名久井直子